AF346014

Libertas

— TOME 1 - DILEMME —

Charlotte Benoit

Libertas

— TOME 1 - DILEMME —

onidra.fr

Note de l'autrice

La trilogie *Libertas* est une réflexion sur la liberté sous tous ses aspects, et traite donc de thèmes difficiles. Mon but est d'éviter de choquer sans raison. Pourtant, même si l'écriture ne va pas jusqu'à la *dark romance*, elle en reprend certains codes. Attention donc, sont notamment abordés l'addiction aux substances stupéfiantes, le chantage affectif, le suicide, l'amour égoïste… Du côté des scènes osées, elles sont peu nombreuses et plutôt imagées.

À noter que cette histoire est en cours. Chers lecteurs et chères lectrices, si vous n'aimez pas rester dans le flou, alors attendez que le dernier tome soit sorti avant de vous lancer (je prévois une intégrale).

Enfin, rappelez-vous qu'il s'agit d'une œuvre de fiction, quelques jours passés en compagnie de nos héros, un roman choral au montage haché, construit comme un film qui se déroulerait sous vos yeux. Ce changement de point de vue d'un chapitre à l'autre amène à une sélection des informations. Là encore, préparez-vous à ne pas tout savoir. Je compte sur votre imagination pour combler les blancs.

En clair, je décline toute responsabilité en cas d'impatience générée par des questions laissées sans réponse !

Ceci étant dit, si vous êtes prêts, bienvenue à Libertas !

Prologue

— Dans cinq minutes, les dirigeants de Libertas prendront la parole. Si vous nous rejoignez à l'instant, je vous rappelle qu'ils ont annoncé leur allocution dans un communiqué de presse assez cryptique, envoyé aux rédactions en début de soirée. Ah, on m'indique que le professeur Rossi, politologue ayant publié l'année dernière l'ouvrage de référence *Libertas, génie ou imposture ?*, a accepté notre invitation à réagir.

La caméra zoome sur le visage de la présentatrice du JT, une grande femme rousse. Un homme d'une soixantaine d'années apparaît dans un encart sur la gauche de l'écran de télévision.

— Merci beaucoup pour votre présence malgré un délai aussi court.

— De rien, de rien.

Il rabat une mèche rebelle sur son crâne dégarni et réajuste sa chemise aux motifs surannés.

— À votre avis, que s'apprêtent à annoncer Andrew Mézières et Nicolas Anderson en ce début novembre ?

— Par essence, le pays ne suit aucune règle, il est donc très difficile de deviner leur calendrier. Surtout qu'aucun modèle similaire n'existe dans notre histoire pour offrir un point de comparaison. Certes, vous pourriez me dire que c'est une dictature, et c'est vrai. Nous retrouvons la concentration du pouvoir, le contrôle de l'information, et l'absence de l'État de droit. Leurs leaders s'arrogent des avantages, mais ce n'est pas au détriment d'une quelconque population. Elle n'existe pas, au sens strict du terme. Personne n'a la « nationalité » libertienne. Même les dirigeants sont encore, sur leurs passeports, des Français. Les habitants permanents sont pour la plupart des employés grassement rémunérés, et les autres des visiteurs de passage, pour une durée plus ou moins longue.

— Donc vous me dites qu'il faut s'attendre à tout ?

La journaliste parait un peu décontenancée. Elle s'empare d'une fiche, la repose, en saisit une seconde...

— Exactement. Messieurs Mézières et Anderson pourraient annoncer l'extension de l'île avec l'annexion d'un nouveau territoire. Ou la fin du régime.

— Cela est-il possible ?

Surpris par la brièveté de la question, le professeur termine rapidement son verre d'eau. Il se gratte la gorge et enchaine, non sans avoir une nouvelle fois tenté de maîtriser sa mèche de cheveux.

— Vous savez, Libertas, avec son concept faisant de la liberté une ligne de conduite, ne tient que par la volonté de ses fondateurs. Que se passera-t-il le jour où ils cesseront d'y croire ? Et si l'un d'eux disparaissait ? Ou que des dissensions apparaissaient et que leurs buts divergeaient? Est-ce que leur utopie pourrait y survivre?

— Excusez-moi de vous interrompre, professeur, mais la chaîne officielle de Libertas commence à transmettre.

— Alors je présume qu'il ne nous reste qu'à écouter ces messieurs, et à voir ce que le pays le plus polémique de la planète nous réserve!

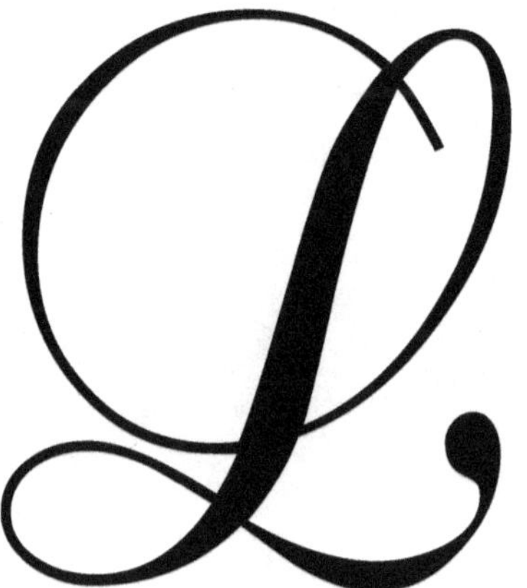

Liberté, ou danger?

Avancer dépasse mes forces. Non, je ne vais pas aller à Libertas! Tremblante, je suis incapable d'un pas supplémentaire. Je laisse les autres passagers s'éloigner, emportés par le trottoir roulant. Ils deviennent bien vite des ombres, se confondant avec les murs impersonnels de l'aéroport éclairés par des néons ringards aux couleurs criardes.

Le souffle me manque… Ce serait bien ma veine de tourner de l'œil! C'est tout moi, ça. Je me fais toujours remarquer pour les mauvaises raisons.

— Tu viens, Marianne?

La question posée me surprend. J'en avais oublié Lucie! Pourtant c'est à cause d'elle que je me retrouve ici… Dans cette situation de merde! Faisant preuve d'un effort surhumain pour afficher un visage à peu près normal, je me tourne vers mon amie.

— Ça va? insiste-t-elle. Tu es pâlotte…

Bien sûr, Lucie est, comme à son habitude, une princesse à la peau dorée, fraîche et pimpante dans sa robe rose bonbon d'une quelconque marque hors de prix. Malgré les deux heures passées dans l'avion, ses cheveux noirs sont bien sages dans leur chignon. Même son maquillage est encore sans défaut. Et tout est assorti, jusqu'aux sandales fuchsia !

À côté d'elle, je me sens fade, avec mes fringues de grande surface, mes vieilles baskets et ma queue de cheval. Une brune, à la peau trop blanche, comme il en existe des milliards sur Terre.

J'inspire à pleins poumons avant de répondre d'une voix maigrelette :

— C'était une mauvaise idée...

— Non, pas de ça, Poulette ! Tu m'as promis que je pourrais t'emmener où je voulais pour ton enterrement de vie de jeune fille. Libertas, ce sera ! Ici, tu ne pourras pas t'échapper en prétextant je ne sais quelle urgence au Centre social. Rien que toi et moi, le temps d'un week-end à profiter de la folie de Libertas !

— Je n'arrive pas à croire que tu m'embarques là-dedans. Je croule sous le taf... ils ont besoin de moi... sans parler de ma soutenance et du mariage à préparer !

— Justement, c'est ton ultime chance de te rendre compte de ce que tu perds.

— Je ne perds rien du tout...

J'ignore pourquoi je réplique, Lucie est inarrêtable quand elle est lancée sur mes choix de vie qui vont à l'encontre de sa doctrine de célibataire endurcie.

— Oh non, c'est sûr, en te passant la bague au doigt à vingt-cinq ans, tu as derrière toi une longue et riche expérience de la vie... Allez, viens, ne te laisse pas impressionner. Nous ne sommes pas encore à Libertas. Ce terminal n'est qu'une ridicule tentative du monde extérieur pour te faire changer d'avis.

— Eh bien, ça marche.

Je donnerais n'importe quoi pour rentrer à Paris et retourner sous la couette avec mon fiancé. Poussin va s'inquiéter à son réveil, avec juste mon mot accroché au réfrigérateur pour expliquer mon absence.

— Je te le redis, Marianne : hors de question qu'on rentre à Paris. J'ai payé pour ce voyage... enfin, la carte bancaire de papa. Maintenant qu'on y est, on y reste. Tu verras, dans quelques heures, tu me remercieras.

Avec une force impressionnante pour sa petite taille, Lucie me pousse en direction du trottoir roulant qui m'embarque inéluctablement vers la frontière de Libertas. Après avoir dépassé une porte coupe-feu, les murs sont ici recouverts d'affiches utilisant à outrance le rouge. Le même message est repris dans toutes les langues, en majuscules et en gras :

Danger. Warning. Pericolo. Peligro.

Partout, ce ne sont que des photos de victimes, des témoignages-chocs et les mandats d'arrêt d'Interpol avec les portraits des dictateurs de l'île, Andrew Mézières et Nicolas Anderson. Des trentenaires, plutôt mignons.

Je sens mon cœur s'accélérer une nouvelle fois devant ces preuves qui accablent l'île. Un pays à la réputation douteuse ayant fait de la liberté une raison d'état, fondé par deux criminels en cavale pour leur permettre de vivre hors des lois internationales. L'idée que, si j'ai le moindre souci sur place, je ne pourrai ni être extradée ni être rapatriée me panique.

Cela va à l'encontre de mes principes... Personnellement, je ne fais jamais rien au hasard. Ma vie est ordonnée et contrôlée, bien rangée dans des casiers et des fichiers Excel. En tant qu'assistante sociale, je sais mieux que quiconque ce que ça donne quand on se laisse emporter par ses pulsions... Depuis que j'ai débuté mon stage de fin d'études au CCAS, je constate chaque jour le résultat de mauvaises décisions. Des jeunes qui ont pensé que, eux, ils s'en sortiraient. Je suis tombée amoureuse du parfait spécimen que je compte d'ailleurs épouser bientôt.

— Ça me fait peur.

Voilà, je l'ai avoué. Il m'aura quand même fallu une trentaine de secondes à rester plantée devant le même décor pour oser le dire à haute voix.

Lucie, elle, n'en démord pas :

— Je t'assure, il n'y a aucune raison. Je suis déjà venue par deux fois à Libertas et je n'ai jamais rencontré un quelconque problème. Les médias brodent autour de quelques cas isolés, réutilisés à outrance sous la pression des états trop effrayés par l'idée que cette façon de vivre puisse devenir populaire.

Que de beaux mots pour essayer de défendre l'inconcevable. Sa famille ayant fait fortune dans l'immobilier, je me demande si elle n'aurait pas des parts cachées dans cette dangereuse utopie.

— Ben va m'en vouloir...

— Ton fiancé comprendra. Ou sinon, tu devrais t'en dégoter un mieux.

— Moi, je ne suis pas une riche héritière qui adore changer de copains chaque mois.

— Eh! J'ai rompu cette semaine. Un peu de compassion, je te prie!

Après un bref instant à paraître outrée, Lucie explose de rire et me prend par la taille. Je souris timidement, jamais bien à l'aise avec son côté tactile et envahissant.

— Allez!

Nous arrivons dans un hall où les passagers piétinent entre des rubans de balisage devant une dizaine de portes automatiques. La plupart sont en groupe, des grappes bruyantes ayant commencé à s'amuser et à consommer autre chose que les mignonnettes servies dans l'avion.

À peine notre file choisie que mon téléphone sonne. J'esquisse une moue ennuyée en lisant « Poussin » :

— Oh! Merde! Tu penses que j'accepte?

— Autant le faire maintenant, remarque Lucie avec une pointe d'agacement. Comme ça, tu pourras enfin te dérider...

— Si seulement c'était aussi simple...

J'accepte la discussion *Facetime* de mon fiancé. Ben apparaît. La vingtaine, brun, les cheveux en bataille, des tatouages qui dépassent de son tee-shirt sombre. Est-ce qu'il a toujours les traits si tirés ? Il semble encore plus blanc et maigre que d'habitude... à moins que j'aie juste cessé de m'en rendre compte.

— Enfin tu réponds, s'indigne-t-il. Je m'inquiétais. Euh... Marianne ? T'es où ?!

Je vérifie derrière mon épaule et réalise que Ben n'a pas pu rater les avertissements placardés un peu partout. J'opère un demi-tour, pour ne plus lui montrer que la porte de la frontière, qui vient à peine de se refermer sur six garçons éméchés. Ce sera ensuite à nous, sans retour en arrière possible…

— Je sais... c'est dingue…

— Ne me dis pas que...

— Nous sommes à Libertas ! claironne Lucie.

Le cadrage du côté de Ben oscille, révélant le carrelage blanc de notre kitchenette, avant de revenir vers son visage paniqué.

— Je l'ai kidnappée, continue Lucie. Promis, je te la ramène demain soir, elle sera toute à toi après. Pour la vie...

Je jette un regard agacé à Lucie et reprends les choses en main, essayant de paraître plus assurée que je ne le suis :

— Je suis désolée, Poussin. Si Lucie m'avait prévenue... Mais je n'ai découvert notre destination qu'au moment d'arriver à l'aéroport et elle avait déjà acheté les billets. Je n'ai pas réussi à dire non, elle m'a promis qu'il n'y avait pas de danger... Je te rappelle demain soir avant de monter dans l'avion, d'accord ?

— Demain ?! répète-t-il paniqué.

Bien sûr, de mon beau discours, il n'a retenu que cette information. Je me doutais que ça le perturberait...

— Oui, tu sais bien que rien n'entre ou ne sort de Libertas... Nos affaires seront consignées à la frontière, nous allons même changer d'habits !

— Ce qui se passe à Libertas reste à Libertas ! lâche Lucie.

Je lui lance un regard assassin avant de proposer :

— J'essayerai de louer un téléphone. Ça dépendra du prix, je te promets rien.

— Putain, c'est super dangereux. Marianne... J'ai maté des reportages à la télé. Le pays ne reconnaît aucune loi, une véritable dinguerie. Des visiteurs auraient été violés et même zigouillés sans aucune justice pour les coupables !

— Arrête d'être si rabat-joie, râle Lucie. Pour y être déjà allée, je peux t'assurer que ce ne sont que des exagérations ridicules !

Il faut que Lucie se taise, elle ne fait qu'empirer la situation en niant l'évidence. Pourtant, elle devrait savoir que Ben est sensible et qu'il doit être ménagé. Une nouvelle fois, je l'interromps :

— Je te promets d'être sage, Poussin. Je ne vais pas me mettre en danger à moins d'une semaine de notre mariage. Ne t'en fais pas.

— On doit y aller. *Bye*!

À ma grande surprise, Lucie s'empare du téléphone et raccroche au nez de mon fiancé, qui reste figé avec un air bêta. Je ne peux m'empêcher de me plaindre d'une voix geignarde :

— Il va être mort d'inquiétude tout le week-end...

— Un jour, il faudra que tu arrêtes de vouloir sauver le monde entier et que tu commences à penser à toi. Ce n'est pas sain votre couple...

Je hausse les épaules. Lucie me ressort le même discours toutes les semaines. Elle est incapable de comprendre l'étrange relation qui m'attache à Ben. Un lien qui va au-delà de l'affection que nous nous portons. Je l'ai sorti de ses addictions et le mariage n'est qu'une formalisation de mon engagement à le soutenir. À la vie, à la mort.

La porte automatique s'ouvre, mettant un terme au silence pesant qui s'est installé. Pressée par ma meilleure amie qui me guide, je passe la frontière, en espérant pouvoir respecter ma promesse à Ben. Si seulement je n'avais pas un si mauvais pressentiment...

Une porte de sortie

Dans le bureau de la douane, Lucie se charge de la paperasse. Elle a payé, de toute façon. Seule la carte bancaire de papa intéresse la blonde patinée qui se tient derrière le haut comptoir blanc, Jenny d'après son badge. On dirait un bar, c'est bizarre. Je ne m'attendais pas à cette ambiance pour un poste de contrôle aux frontières. Même l'éclairage aux néons bleus, à la base des murs, fait penser à la zone VIP d'une boîte de nuit.

Celle qui vérifie nos papiers n'a en revanche rien à voir avec une serveuse. Elle serait plutôt du style agent de sécurité sexy, serrée dans son costume noir ajusté au millimètre près, dont déborde une poitrine cent pour cent plastique.

La partie qui me concerne a été signée dans l'avion. Lucie me connait. Si j'avais découvert cette décharge avant de monter à bord de cette carlingue scellée, je me serais enfuie. Plus dur à dire qu'à faire quelque part entre Paris et Libertas à vingt mille pieds d'altitude.

Les deux heures de voyage m'ont permis de décortiquer les petites lignes. Pour résumer, les dix pages sont une longue liste de reformulations autour du même thème : personne n'est responsable de rien. Une vague notion de consentement existe, mais c'est très flou. Du coup, peu importe ce qui m'arrive sur l'île, je devrai en assumer les conséquences... D'ailleurs, la blonde, ou plutôt Jenny, car je doute que ce soit sa couleur naturelle, nous répète les mises en garde officielles d'un ton de robot :

— Il est de mon devoir de vous rappeler que la communauté internationale vous déconseille fortement de vous rendre dans ce pays. Libertas ne reconnaît qu'une seule loi : celle de ses fondateurs, Andrew Mézières et Nicolas Anderson, représentés par leurs Gardiens. Aucun accord ne garantit la reconnaissance de vos droits de citoyennes s'ils venaient à être bafoués.

J'aurais dû rentrer à Paris. Ben me manque... Comme si elle sentait mes doutes, Lucie pose la main sur mon poignet. Je lui retourne un sourire sans conviction quand elle me transperce de ses yeux noirs. Jenny reprend, d'un air las :

— Pourriez-vous me confirmer que vous avez lu et signé les présents documents vous-même, et en pleine connaissance de cause ?

La panique revient. Est-ce que j'ai vraiment compris les clauses ? Cette femme, qui est bien trop jolie pour ne pas me mettre mal à l'aise, ne vient-elle pas de m'offrir une porte de sortie ?

— Marianne, ne me fais pas ça...

Pour accompagner son avertissement, Lucie

m'agrippe le poignet et me donne l'énergie, ou plutôt la folie, de répondre :

— Oui.

On dirait le coassement d'une grenouille qui a chanté toute la nuit.

— Oui ? insiste Jenny.

Elle m'oblige à me répéter :

— Oui, j'ai lu les documents...

Bizarrement, elle a l'air déçue. Est-ce que son boulot n'est pourtant pas de s'assurer que le pays fasse le plein de visiteurs ? Lucie s'empresse d'ajouter un « oui » mélodieux à la même question. Je décroche à la suite des explications. Seule la vue de deux gadgets, dans le style Apple Watch, me ramène au présent.

— Cette montre vous servira de clé pour entrer dans votre chambre et de carte bancaire pour régler vos dépenses. Vous avez un pass *gold all-inclusive*, vous offrant un accès aux zones visiteurs jusqu'au niveau de sécurité trois. Si jamais l'écran clignote en rouge, faites demi-tour. Vous avez de multiples options, pour partager vos goûts et vos limites avec les autres visiteurs. Prenez le temps de configurer correctement l'application, cela vous évitera de mauvaises surprises.

Là, ça commence à m'amuser. J'ai toujours eu un côté geek inavoué. Autant que mon salaire me le permette, en tout cas. Lucie m'encourage d'un coup de genou quand je jette un œil aux menus.

— Dans la pièce suivante, vous trouverez les habits

commandés, ainsi que des pochettes dans lesquelles déposer vos objets personnels. Prenez le temps de réfléchir. Si vous sortez du vestiaire côté rouge, vous serez à Libertas.

— Allez, hop, ça suffit, décide Lucie.

Elle m'oblige à arrêter mon exploration des options et m'embarque entre les doubles panneaux qui viennent de s'ouvrir pour nous. Des bancs le long des murs blancs et des rideaux fragmentent l'espace d'une salle conçue pour accueillir de grands groupes. Des housses sont accrochées à l'intérieur des premières cabines d'essayage. Au fond, deux portes me repoussent autant qu'elles m'attirent : une verte, mon échappatoire, et une rouge, ma damnation.

Nous nous enfermons chacune de notre côté. Pendant que je me déshabille, mon attention est obnubilée par la notice fixée au cintre de mes nouveaux vêtements. Un flyer, en français, rappelle les objets personnels qui doivent être laissés dans la pochette dédiée : habits, téléphones, papiers d'identité, argent, bijoux... Une question me taraude depuis un moment :

— Je ne comprends pas... Si rien n'entre ou ne sort de Libertas, comment ils peuvent tout produire sur leur petite île ?

Lucie me répond de la cabine d'à côté.

— Ils importent beaucoup. De mémoire, ils sont autosuffisants uniquement pour l'énergie et l'eau potable.

— Je n'aime pas l'idée d'abandonner mon téléphone...

— Crois-moi, je t'assure que tu vas survivre à trente-six heures sans parler à Benjamin.

Lucie ne réalise pas. Jamais je n'ai laissé Ben plus de douze heures depuis que ce jeune homme efféminé aux bras détruits par les piqûres est entré dans ma vie l'année dernière.

— Et lui ? Tu connais sa fragilité... S'il ne se sent pas bien ?

— Ça ira... ça fait presque six mois qu'il est *clean*, non ? Et Paul le surveillera.

Je hausse les épaules. Par réflexe, car elle ne peut pas me voir.

C'est avec une certaine appréhension que j'ouvre la fermeture éclair d'une des housses. Mon amie a parfois tendance à donner libre cours à sa folie. Mais pas cette fois. Je découvre une longue robe vaporeuse mauve pastel, dans le pur style années soixante-dix, avec sa grosse ceinture de cuir décoré de perles. C'est à peu près le seul type d'habits féminins qu'elle m'a vu porter. Je ne perds pas de temps à regarder les autres options et me change sans tarder.

— Pourquoi ils interdisent les téléphones portables d'ailleurs ?

— Je présume que les fondateurs tiennent à leur sécurité. Ce sont des CRI MI NELS...

Lucie insiste sur ce mot, « criminels ». Bien sûr, elle doit trouver ça excitant. Elle enchaîne les relations sans lendemain et les *bad boys* à répétition. Un jour, je ne désespère pas qu'elle donne sa chance à un autre type de gars, du genre gentil et prévenant, et non un connard prétentieux qui veut contrôler chaque aspect de sa vie.

— C'est excitant ! rajoute-t-elle.

Qu'est-ce que j'avais dit ? Au mot près. Je l'imagine battre des mains comme une petite fille. Je suis prête bien avant elle car, une fois dans sa nouvelle robe, qui est cette fois orange, et encore plus courte que la précédente, elle insiste pour refaire sa coiffure.

De mon côté, j'hésite à me séparer de ma bague de fiançailles, un simple anneau de métal blanc.

Sentant peut-être que chaque seconde qui passe me donne un peu plus envie de me précipiter par la porte verte qui me ramènera à Paris vers Ben, Lucie termine ses nattes de quelques gestes sûrs, et se lève, pour m'entraîner à sa suite.

— Tu vas voir, c'est génial. Les autres pays sont juste jaloux de constater qu'il existe une alternative pour vivre libre sur cette terre.

Aidée par sa main qui me guide, je me décide et lâche cet anneau si précieux, le seul lien qu'il me restait avec mon fiancé. Lucie prend les deux pochettes et les glisse dans le conteneur dédié. La porte rouge s'ouvre.

Je passe mon pouce sur la petite callosité qui s'est formée à la base de mon annulaire dénudé. Comme une prière, une litanie pour me donner du courage, je répète en boucle :

— Samedi et dimanche... Juste deux jours...

Liberté, ou folie?

Marianne - 16 juin (12 h)

Je ne peux pas dire que je ne m'attendais pas à ça. Car, en fait, je n'avais aucune idée de ce que j'allais découvrir... Mais si, je vais quand même oser : je ne m'attendais VRAIMENT PAS à ça.

À la sortie de l'aéroport, la chaleur est étouffante. L'île est perdue au milieu de la Méditerranée, et le climat rappelle celui des vacances d'été, sur la Côte d'Azur, en plein mois d'août. Nous prenons tout d'un coup, le chaud, le monde, le bruit. Imaginez des milliers de fêtards, lâchés dans une avenue, à l'ombre de hauts immeubles. Une marée humaine de gens, des grands et des petits, des gros et des minces, des jeunes et des vieux, avec tous les styles... et même aucun vêtement pour certains.

En bas des escaliers qui nous entraînent vers la folie ambiante, un musicien endiablé joue du violon au rythme de son percussionniste, qui bat la mesure d'une main sur des boîtes de conserve retournées, une bière dans l'autre. Même si le violoniste ne carbure pas à l'eau, sa prestation a quelque chose d'hypnotique. Ce grand homme fin, à l'allure dégingandée et aux yeux injectés de sang, grimace sur ses notes et se cambre dans des envolées lyriques, enchaînant des positions grotesques que sa maigreur rend improbables.

Soudain, une fille plaque ses lèvres sur les miennes. Je suis si stupéfaite que mon corps réagit avant mon cerveau. Je me surprends à goûter son haleine parfumée à la cerise. Sa langue s'insère entre mes dents, la mienne va à sa rencontre, mes seins pressés contre sa poitrine, alors que sa main descend le long de mes reins.

— Eh bé ! Marianne ! Tu vois que tu sais te lâcher quand tu te laisses aller !

L'étonnement de Lucie me ramène à la réalité. Paniquée, je m'extirpe de l'étreinte de l'inconnue, et je recule de deux pas. La rouquine est mignonne : des traits fins, une robe sombre très courte, qui contraste avec son ton de peau ultra clair, des yeux noirs aux longs cils, des petites nattes qui frétillent alors qu'elle me regarde avec un grand sourire interrogateur.

— Tu n'as pas aimé ? Tu avais plutôt l'air...

Avant qu'elle ne donne des détails gênants, je l'interromps.

— Oui, enfin non. Je ne suis pas libre. Je suis fiancée... à un garçon !

Ma voix monte un peu trop dans les aigus. Je me sens idiote à ainsi défendre ma vertu. Mais si Ben savait... Mes lèvres contre celles d'une autre personne ? Il en serait e-ffon-dré ! Serait-il même capable de me pardonner ? Lui qui est jaloux quand je me contente de prendre un verre avec un collègue, après le travail…

— Oh, répond l'inconnue déçue. Je vois. Je suppose que tu es nouvelle, tu devrais mettre tes préférences à jour.

— Hein?

Comprenant que je ne pige rien, elle pointe du doigt la montre à mon poignet, avant de tourner les talons, et de disparaître dans la foule. Je me dépêche de trouver le menu dont elle parle.

— Libre? grommelé-je. Ouverte à toute expérience sexuelle?!

Je déglutis en voyant les options qui ont été cochées dans mon profil. Me faire embrasser par une jolie inconnue était le moindre mal. Le bracelet change de couleur au fur et à mesure que je décoche les possibilités, jusqu'à devenir presque noir.

En regardant autour de moi, je réalise que ceux des autres se déclinent dans un arc-en-ciel de nuances. Beaucoup sont verts, comme l'était le mien, ou comme l'est toujours celui de Lucie. D'autres sont bleus ou roses, sur plusieurs teintes. Le gris n'est pas si rare, même s'il est généralement un peu moins foncé que le mien.

— Marianne? Tu as fini de rêver à ta nouvelle conquête?

Je jette un regard assassin à Lucie qui ricane. J'ai besoin de me poser dans un endroit un peu calme. Pour ça, j'avise un spectacle de magie qui débute juste de l'autre côté de la rue. Nous nous asseyons parmi le public qui forme un cercle, délimitant une scène improvisée où un artiste fait apparaître et disparaître des foulards blancs.

Après quelques minutes, elle me chuchote :

— Alors... tu tentes les filles ?

Son ton est clair, elle se moque de moi.

— Tu sais, ce qui se passe à Libertas reste à Libertas, reprend-elle... Fais ce que tu veux. Je ne juge pas ! Enfin, moi, je préfère ce genre de goûters, je crois...

Je me tourne quand elle accompagne sa remarque graveleuse d'un geste, suivant son doigt pointé pour découvrir les immenses portraits de deux beaux trentenaires qui nous surplombent. Leurs visages sont connus du monde entier : Andrew Mézières et Nicolas Anderson, les fondateurs de Libertas. Contrairement à la plupart des criminels en cavale, ils se cachent en plein jour, dans leur propre pays. Je ne peux m'empêcher de noter :

— Un poil mégalo, non ? Le truc a la taille d'une affiche de ciné !

— Je m'en fiche, ils ont le physique pour compenser. Tu préfères lequel ?

La question me surprend. Je penche la tête. Celui sur la gauche est mince, limite androgyne, bronzé en contraste avec ses yeux clairs, un air d'artiste tourmenté. L'autre est carré, de sa coupe de cheveux à ses larges épaules, où l'on devine le début d'un tatouage à la base du cou, à peine visible sur sa peau noire. Il y a quelque chose de rassurant qui ressort de sa carrure d'ex-militaire, et de son regard brun volontaire.

— Droite, je réponds.

— Nicolas ? s'étonne Lucie. Il me fait peur avec son air martial. Andrew est siii romantique !

Je ne peux réprimer une moue de dégoût. Je le trouve plutôt flippant. Enfin, Lucie n'est pas un modèle en ce qui concerne ses fréquentations masculines, ce qui me conforte dans mon choix.

Le magicien termine son show dans une grande envolée de tissus multicolores. Mon amie s'est relevée, et sautille sur place, essayant d'attraper une des étoles qui virevolte au-dessus de nous. Maladroitement, je me remets debout, et me joins aux applaudissements. Ma jambe droite s'est engourdie à être restée en tailleur sur le béton froid.

L'artiste sort un dernier accessoire, une sorte de boîte, qu'il positionne bien en vue, invitant les spectateurs à lui donner un pourboire. Je laisse Lucie contribuer. Mes dépenses sont liées à son compte. Enfin, à celui de son père. Autant ne pas en abuser.

Nous nous promenons dans les rues, où sont vendus et consommés des trucs qui se boivent, se sniffent, s'injectent ou se mangent. Lucie paraît intéressée par quelques produits. Elle est d'ailleurs penchée sur d'étranges paquets bruns qui puent la mort au moment où j'entends des cris venant de dernière nous, à côté d'un bordel où des filles nues s'exhibent dans une vitrine. Des Gardiens bloquent une partie de la rue pour rediriger le flux des piétons.

Mon amie étant très absorbée, c'est seule que je me rapproche pour mieux voir. Une baston générale semble s'être déclarée dans la zone protégée. Entre les épaules des hommes en noir, je remarque au moins deux personnes en mauvaise posture gisant au sol, et ça à l'indifférence générale.

— Pourquoi vous n'intervenez pas ?

Le Gardien que j'ai interpellé me jauge.

— Consentement.

Il accompagne son explication laconique d'un geste, une nouvelle fois vers cette fameuse montre. Je vérifie par acquis de conscience que je n'ai autorisé aucune violence à mon encontre, ce qui est bien le cas.

— Tu fais quoi ? J'ai flippé de t'avoir perdue.

Lucie m'a rejointe, une ride inquiète sur son front.

— Regarde.

Elle grimace, un peu gênée en remarquant à son tour le bordel, avant de me proposer, avec un entrain forcé :

— Si on trouvait notre hôtel ?

J'acquiesce. J'en ai assez du bruit et de la violence. Elle récupère l'adresse sur sa montre, qui se transforme en GPS et nous guide. Le chemin n'est pas long, nous logeons à quelques centaines de mètres, juste en face du Liberty Hall, la tour principale de l'hypercentre de Libertas.

Le lobby est ultra moderne, à l'image de cette île.

Elle a été construite sur ces quinze dernières années... donc ma remarque est idiote.

Une hôtesse très chic s'occupe de nous accueillir. Pas besoin d'enregistrement, notre clé est liée à notre compte et les détails basiques, comme les heures de service du petit-déjeuner, sont inutiles, car tout est ouvert 24 h/24.

Elle a cependant une surprise pour nous, qu'elle nous tend dans une enveloppe noire, avec nos noms écrits en doré. Rien que le grammage du papier en impose. Lucie ne me laisse pas l'ouvrir, elle m'arrache des mains ce qui se révèle être une invitation, qu'elle lit à haute voix, sans s'inquiéter d'en informer tout l'hôtel :

« Vous êtes cordialement conviées au Chat noir,
à 20 h, ce soir. – A & N »

— Oh, que c'est excitant, regarde les initiales !
— Tu penses que...
— Andrew et Nicolas, bien entendu !

Dans un même mouvement, nous vérifions l'heure, ayant un peu perdu la notion du temps à errer dans les rues bondées.

— Ça sera juste, constate Lucie.
— Juste ? Ce n'est que dans trois heures !
— Il faut que nous choisissions nos tenues et nos chaussures. Séance spa pour nettoyer les pores, coiffure, puis maquillage. Rien ne doit être négligé quand

on s'apprête à rencontrer le futur père de ses enfants !

Je soupire, mais il n'y a rien que je ne puisse dire quand Lucie est lancée dans un tel plan. Ma seule option consiste à me taire et à la laisser jouer à la poupée.

Est-ce que nous allons vraiment rencontrer les fondateurs de Libertas ? Je ne peux m'empêcher de lever la tête en direction de leurs portraits, et de croiser le regard volontaire de Nicolas et celui, azur, d'Andrew... Comment sont-ils en vrai ?

La liste

Le jour où Marianne est arrivée à Libertas, ma journée aurait pu se résumer à :

13 expulsions – 2 meurtres – 11 disparus

C'est aussi le jour où j'ai commis la pire erreur de ma vie. Pourtant, j'en ai fait des conneries.

Fidèle à mon habitude, j'ai rejoint Andy dans son bureau. Il se tient au même endroit que la veille, à observer le soleil levant avec un verre de bourbon. Son habituelle musique d'opéra résonne des enceintes encastrées dans le faux plafond. Les manches de sa chemise sont retroussées, les boutons de manchettes pendant de chaque côté, avec un air débraillé/classe. Des gouttelettes de peinture blanche ressortent sur sa peau bronzée. S'il continue à passer autant de temps au soleil, il sera un jour aussi noir que moi.

Nous possédons l'île. Il pourrait installer son atelier n'importe où. Mais non. Il s'évertue à ruiner la moquette hors de prix et, malgré le décorum, de faire tout sauf diriger notre empire depuis son antre de PDG.

Mon cher ami, le brillant Andrew Mézières, n'a pas

une once de sens commun. Mais je le supporte. Je gère ses crises depuis vingt-cinq ans. Son génie nous a sortis de la rue. D'après Interpol, il serait l'un des faussaires les plus doués de sa génération. Vu qu'aucun expert n'a remarqué nos échanges jusqu'à ce que l'affaire explose à cause d'un contact un peu trop bavard, je veux bien les croire.

La seule chose qui change d'un jour à l'autre, c'est la toile. En ce moment, il passe par une période impressionniste et enchaîne les copies de tableaux de grands maîtres du mouvement, de Monet à Renoir. Peu reluisants, les résultats sont médiocres m'assure-t-il. Il se plaint de s'ennuyer. Je pense surtout qu'il est blasé. Peu importe ce qu'il dessine, sa peinture ira s'entasser dans notre collection qui ferait pâlir les musées du monde... si elle n'était pas constituée de faux.

Andy ne bouge pas quand je m'installe dans le canapé, face à la baie vitrée. Il revient à la vie lorsque je baisse la voix de la cantatrice à un niveau raisonnable. La main dans ses cheveux toujours plus longs, il se retourne et me sourit. Il a le regard brillant de quelqu'un qui n'a pas dormi de la nuit et qui a sans doute consommé une quelconque substance pour tenir. Il marche vers moi de sa démarche chaloupée et se laisse tomber sur le second canapé.

— *Hello* Nick.

— *Hello* Andy.

Il attrape une des viennoiseries sur le plateau du petit-déjeuner qui nous est monté chaque jour sur la table basse en verre et se ressert du bourbon. Je me contente d'un café. L'alcool est proscrit à 6 h du matin. Même si je sais que, pour mon cher ami fêtard, la journée de la veille n'est pas encore terminée. Sa question quotidienne revient :

— Quel était le taux de remplissage des avions hier ? demande-t-il la bouche à moitié pleine.

— Soixante-dix-sept pour cent. Deux couples sont repartis. Les bénéfices dépassent le million sur les dernières vingt-quatre heures.

— Ils reviendront... Nos sirènes les rappelleront de leurs chants.

Andy est narquois, peu convaincu par ses propres paroles. Cela fait longtemps que je suis le seul à croire encore dans les valeurs défendues par notre pays.

— Après le vernissage de cet après-midi, je t'ai ajouté un déjeuner à l'Espérance, un banquier suisse avec sa famille, il faut le compter parmi nos amis.

— Je le charmerai, répond-il avec assurance. As-tu expliqué à Emily que je ne désirais plus qu'elle me harcelle ?

— Je l'ai expulsée dans la nuit.

— Merci Nick. Son attitude excessive m'agaçait.

Je hoche la tête, le visage impassible. S'il savait qui l'a amenée à devenir ce qu'il déteste chez une femme... Andy attrape un second croissant et se laisse aller contre le dossier du canapé. Sous son air détaché, elle lui manque. Mais il est mieux sans elle. Emily exerçait une mauvaise influence sur lui, à trop le focaliser sur ce qu'il avait perdu, et non sur ce que le futur pouvait lui apporter.

— J'ai commencé à lister quelques profils intéressants pour la remplacer parmi les récentes arrivées.

— Penses-tu pouvoir m'en présenter quelques-unes cette nuit ? Je crains de m'ennuyer... et mes récentes toiles me déçoivent tant...

— Que d'empressement ! Attention, tu as été fidèle pendant presque six mois à Emily, tu risques de convoler en justes noces avec la prochaine !

Andy est bien le seul avec qui je me permets une certaine familiarité. Le reste du monde me considère comme froid et intransigeant, des caractéristiques indispensables pour diriger les hommes de l'ombre de Libertas. Ce n'est sans doute pas faux. De toute façon, chaque histoire a besoin de son méchant, et Andrew incarne un bien meilleur héros que moi.

— Libertas pourrait bénéficier de l'influence féminine d'une reine, lâche Andy.

— Mais que se passe-t-il ? Le beau et sémillant Andrew Mézières chercherait-il à s'engager ? Qui me l'a changé ?

Je me rappelle mes paroles lors de cette discussion qui annonçait une catastrophe que j'aurais pu éviter. À ce moment, en rire paraissait la bonne option.

— Au moins l'un de nous en profite, rétorque-t-il.

— Tu t'y consacres suffisamment pour nous deux.

— Soit.

Nous n'avons parlé que de broutilles sans importance, jusqu'à ce qu'il aille se coucher. Quand sa journée se termine, la mienne débute. Mon antre se trouve en face de celui d'Andy, à l'avant-dernier étage du Liberty Hall, l'immeuble principal de l'île. De mon côté, aucune place pour l'art dans ma décoration. Un empire ne se gère pas avec un pinceau. Les stores sont fermés, les trois autres murs recouverts de téléviseurs où alternent les vidéos de surveillance des endroits clés de Libertas.

Quatre écrans supplémentaires sont superposés sur mon bureau. C'est là où je m'assois, dans le confortable fauteuil de cuir depuis lequel je m'assure que le concept de Libertas demeure intact. Après avoir déverrouillé mon ordinateur grâce à mon empreinte digitale, le dossier sur lequel je travaillais hier soir s'ouvre. Une cinquantaine de jeunes femmes, arrivées ces deux derniers jours, libres d'après leurs formulaires d'admission, et que mon dragueur d'associé pourra convaincre de rester quelques mois à ses côtés. Jusqu'à ce qu'il se lasse pour passer à la suivante. Ou que j'aide sa nouvelle obsession à disparaître avant qu'il ne tombe amoureux.

Parmi elles, Marianne. La belle innocente s'est retrouvée par erreur dans cette sélection parce que sa meilleure amie a pensé que la déclarer célibataire et ouverte à toutes les possibilités sexuelles lui permettrait de se lâcher.

L'inconscience de Lucie a chamboulé sa vie. Ainsi que la mienne au passage. Pourtant, si l'occasion m'était donnée de revenir à ce moment fatidique, je ferais la même chose. J'inviterais Lucie et Marianne. J'enverrais cette liste inchangée à mon équipe qui organise les événements privés officiels. En tout cas, c'est ce que j'ai fait ce jour-là.

Liberté, ou jalousie ?

Bien sûr, nous arrivons en retard. Lucie a mis un siècle à choisir nos robes et les chaussures adéquates. Un millénaire à décider que nos coiffures correspondaient à ses standards. Et bien une éternité à déterminer un maquillage approprié. Quand nous sortons enfin de chez le styliste, et de sa horde de *pomponneurs* acharnés, il est 20 h 30 passées.

Heureusement, nous n'avons pas à marcher loin. La soirée se déroule au Chat noir, un club privé situé au sous-sol du Liberty Hall, le luxueux immeuble principal de Libertas. Ce n'est qu'à trois rues de l'endroit de torture où j'ai accepté de me faire enfermer pendant presque quatre heures. Lucie disait que ce seraient des vacances… J'ai eu l'occasion de gamberger sur mon fiancé abandonné à Paris, la fille qui m'a embrassée par erreur et mes choix de vie. Autant dire que je sors de là avec une pêche d'enfer.

Deux Gardiens sont postés à l'entrée de verre du gratte-ciel ultramoderne. Ils semblent sortis d'une agence de renseignement, équipés comme ils le sont d'oreillettes et de lunettes de soleil. Cela ne m'étonnerait pas qu'ils cachent une arme sous leurs costumes trois-pièces.

L'un vérifie notre invitation, tandis que l'autre compulse une tablette. Ses yeux alternent de l'écran à nos visages. Une liste de noms, sans aucun doute. Il hoche la tête, satisfait. Son collègue nous rend notre carton et recule de deux pas, nous indiquant l'entrée d'un geste. Lucie lui décoche un sourire aguicheur qu'il choisit d'ignorer. À peine le dépasse-t-on qu'il se repositionne, les mains dans le dos.

Nous suivons le chemin balisé par le tapis anthracite sous les feux d'un immense lustre de cristal. Après une dizaine de mètres à l'intérieur du bâtiment, deux Gardiens nous dirigent vers un escalator, qui disparaît au sous-sol dans une ambiance tamisée, en totale opposition à la brillance omniprésente du hall.

Quand nous descendons doucement vers une musique jazz, je remarque quatre gars qui surveillent les accès aux ascenseurs. Je ne peux retenir une réflexion :

— C'est mieux gardé qu'une prison ici…

Lucie ne paraît pas du tout perturbée.

— Cette sécurité ne peut signifier qu'une seule chose !

— Tu penses qu'ils sont là ?

— J'en suis persuadée maintenant.

— Et nous sommes en retard…

Elle hausse les épaules, pas le moins du monde gênée. Je suis presque sûre qu'elle l'a fait exprès, sans même s'en rendre compte. Lucie adore attirer l'attention et quoi de mieux qu'une entrée remarquée ?

Nous dépassons un ultime duo de Gardiens, un peu moins zélés que leurs homologues de la surface, car ils se contentent de nous tenir les doubles portes en cuir du club privé. Ils observent nos montres lors de nos premiers pas sur la moquette. Je présume qu'ils sont satisfaits de constater que rien ne clignote rouge, et ils referment derrière nous.

En premier, on ne peut qu'admirer la scène dorée et, sous l'unique projecteur, une chanteuse en longue robe pourpre qui se découpe sur des rideaux noirs. Au fur et à mesure que mes yeux s'habituent, mon champ de vision porte au-delà grâce aux petites lumières incrustées dans le bois, découvrant l'orchestre qui l'accompagne.

Surtout, je distingue peu à peu les tables rondes nappées de blanc. Une vingtaine est répartie à travers la salle, où sont installées des jeunes femmes, toutes plus jolies les unes que les autres. Lucie est loin d'avoir abusé sur notre préparation. Certaines y ont sans doute passé la journée, autant que je sois capable de juger de la complexité d'une coiffure.

Bien sûr, les discussions se sont interrompues à notre arrivée, et on nous toise. Je tire Lucie par la main, vers une table avec de la place. À mon grand étonnement, elle me suit sans rechigner. Les trois filles déjà assises arrêtent de nous dévisager quand Lucie leur tourne le dos en rapprochant sa chaise de la mienne. Je chuchote, gênée :

— Nous sommes sans doute les dernières. Ce n'est pas correct d'être si en retard…

— Détrompe-toi, rétorque Lucie avec assurance. C'est ce qu'il faut faire pour intéresser ce genre d'hommes qui possèdent tout.

Heureusement, le groupe continue sa chanson lancinante sur scène, et seules nos voisines ont pu entendre jusqu'où peut aller le culot de Lucie.

— Vous n'êtes pas si en retard, intervient l'une d'elles qui nous espionnait. Ils viennent d'arriver.

Nous suivons la direction dans laquelle elle se tourne, vers un balcon que je n'avais pas remarqué. Il court sur toute la longueur de la salle, et s'agrandit en son milieu, devenant un véritable salon à l'abri des regards. On ne discerne qu'à peine deux silhouettes assises l'une en face de l'autre sur des canapés, la première avachie, la seconde bien droite.

Lucie me prend les mains et, avec une force surprenante pour sa petite stature, elle me les broie. Sans doute pour éviter de hurler lorsqu'elle m'annonce, à voix étonnamment basse :

— Je te l'avais dit !

— Andrew Mézières et Nicolas Anderson.

Même si je ne les vois pas distinctement, j'ai l'impression qu'ils sont en train de nous dévisager. Je n'ai pas l'occasion de maudire longtemps ma meilleure amie pour nous avoir ainsi fait remarquer, un Gardien se présente à notre table.

— Mademoiselle. Ces messieurs vous invitent à les rejoindre.

Je me retourne vers Lucie, qui est figée. Il me faut plusieurs secondes avant de comprendre qu'il ne s'adresse qu'à moi.

— Euh…

Je lance un regard paniqué à Lucie, qui hausse les épaules avec un mépris glaçant. Cet instant où sa façade se craquelle me donne un aperçu de ce que son côté peste réserve à ses pires ennemis. Puis son visage de pierre se radoucit, et elle redevient ma copine de maternelle quand je lui demande conseil :

— Euh… Je fais quoi ?

— Tu n'es pas obligée d'accepter…

— Tu crois ?

— Ou alors tu penses que tu peux y aller, et leur demander de m'inviter aussi ?

— Euh… Oui, je vais essayer.

— Pour moi ! Tu vas assurer !

Elle me pousse presque vers le Gardien. L'appréhension grandit en moi au fur et à mesure que je m'éloigne de la seule personne que je connais dans ce pays de fous. J'ai les mains moites, et d'étranges fourmillements en bas du dos. Mes talons bêtement hauts ne m'aident pas à me détendre. Sans oublier ces regards qui sont de nouveau fixés sur moi. Je me sens comme une condamnée qui marcherait vers son bûcher.

La cage d'escalier m'offre une protection bienvenue,

loin du public, jusqu'à l'alcôve où les hommes les plus puissants de Libertas m'attendent. Les dictateurs sont fidèles à leurs portraits officiels. Andrew, mince et ténébreux, et Nicolas, musclé et martial, tous les deux impeccables dans des costumes taillés sur mesure.

— Marianne n'est-ce pas ?

Andrew a une voix douce, et des gestes gracieux et assurés quand il se lève pour m'accompagner sur les deux derniers mètres. Avant que je ne puisse dire quoi que ce soit, je me retrouve installée face à eux, un verre de champagne dans les mains. À en juger par les flûtes à moitié vides posées sur la table basse à côté du seau argenté et sa bouteille, ils ne m'ont pas attendue pour commencer.

— Comment se passe votre séjour à Libertas, Marianne ?

— Plutôt bien... Monsieur… Monsieur Mézières ?

— Appelez-moi Andrew.

J'hésite. J'ai promis à Lucie. Je dois au moins essayer.

— Andrew... Serait-il possible que Lucie nous rejoigne ? Je... Nous... Enfin, bref, on est venues toutes les deux, ça m'ennuie de la laisser seule.

— Excellente idée.

Nicolas intervient pour la première fois. Sa voix rauque est si reconnaissable que je sais dès cet instant que jamais je ne l'oublierai. Andrew lui jette un regard assassin qu'il soutient sans sourciller, avant de céder, et d'attraper son verre, avec une insouciance forcée quand il s'appuie contre le dossier du canapé, les jambes croisées.

— Soit.

Sans une once de réaction, Nicolas se contente d'un ordre via une oreillette que je n'avais jusqu'à présent pas remarquée.

— Faites monter la jeune Asiatique table 14.

Un silence gêné s'installe en attendant que Lucie envahisse la mezzanine de son euphorie. Dès son entrée, elle n'hésite pas une seule fois sur la façon de s'adresser à nos hôtes :

— Messieurs, merci de m'accorder cet honneur.

— Tout ce qui plaira à Marianne…

Lucie s'empare de la flûte qu'un serveur vient de lui remplir, et elle lève un toast, avec cet air possessif à faire frémir une rivale qui s'immiscerait entre elle et sa proie.

— À Marianne, ma meilleure amie qui sera une femme MARIÉE dans tout juste une semaine !

Andrew me transperce de ses yeux clairs. Son regard a quelque chose de spécial, comme s'il décryptait votre âme et vous mettait à nu :

— Je ne peux trinquer à une telle perte.

Il me fixe jusqu'à ce que je cède pour briser cette intrusion gênante, me complaisant dans l'observation du sol moquetté.

— Benjamin est un mec bien, murmuré-je.

Je défends mon fiancé avec moins de passion que je

ne le devrais, et Lucie en profite pour insister :

— Si vous voulez mon avis, il est très ennuyeux, surtout depuis qu'il a décidé d'arrêter l'alcool. La drogue dure, soit. La cigarette, tant qu'on n'en fait pas une habitude. Mais l'alcool ?

— Lucie...

Je tente, même si je n'ai aucune chance de stopper Lucie quand elle est ainsi lancée dans un de ses plaidoyers diffamatoires sur mes choix.

— Surtout, elle ne l'aime pas pour sa personnalité. Marianne ne sait pas vivre pour elle, elle se prive de tout, travaille sans relâche, et gâche sa vie pour sauver celle des autres. Elle ne serait jamais venue dans votre beau pays si je ne l'avais pas forcée à faire une pause ! Alors que moi...

— Vraiment ? Me feriez-vous l'honneur de rester quelques jours supplémentaires pour en profiter ?

Bien sûr, la question d'Andrew m'est adressée. J'avoue que de voir Lucie ainsi ignorée est déroutant. D'habitude, je ne suis jamais au centre des conversations. Déroutant, et pas tout à fait désagréable.

— Ce n'est pas possible... Je... Vous comprenez. Je me marie samedi prochain.

J'ai la brève impression qu'un certain soulagement passe dans les yeux de Nicolas. Mais quand je me retourne pour le vérifier, il réaffiche cet air impassible qui semble ne jamais le quitter. Je n'ai pas l'occasion d'approfondir, car Andrew propose alors :

— Permettez-moi de vous offrir ce qu'il y a de mieux à Libertas pour cette unique journée. Je vous installe au Liberty Hall. Nous pourrions peut-être déjeuner ensemble demain midi ?

Une nouvelle fois, j'ai la sensation que la situation agace Nicolas. Il n'en montre cependant pas un quelconque signe extérieur. Lucie, elle, m'encourage sans aucune discrétion. D'une toute petite voix, je cède à son caprice :

— D'accord...

— Merveilleux !

Andrew parait sincèrement heureux. Nicolas se contente de prendre une tablette, similaire à celle utilisée à l'entrée par un Gardien, et à valider des informations à l'écran. À peine a-t-il terminé, qu'il se lève.

— Maintenant, nous devons nous occuper de cette urgence.

À contrecœur, Andrew acquiesce. Il se laisse dépasser par Nicolas, qui l'attend à l'entrée de l'alcôve, en profite pour s'attarder :

— Vous m'excuserez, Mesdemoiselles, un malencontreux événement m'oblige à écourter cette soirée. Il me tarde de me rattraper demain.

Tel un gentleman d'un autre siècle, il effectue un baise-main. Ses doigts sont frais et doux. J'ai l'occasion d'en juger, vu qu'il prolonge plus que nécessaire son toucher. Il me lâche dans un frisson, j'en ai la chair de poule, et passe devant Nicolas qui lui emboite le pas.

J'entends ce dernier s'adresser à quelqu'un, sans doute via son oreillette :

— Accompagnez Marianne et Lucie au 125-C. Les autres filles peuvent partir. Porte principale, une minute.

À côté de moi, Lucie semble en pâmoison.

— Andrew est parfait…

Je la rejoins au bord du balcon, observant les deux hommes qui traversent, à grandes enjambées pressées, la salle vers la sortie. Mon esprit me joue peut-être un tour, mais je crois un instant croiser le regard de Nicolas, avant qu'il ne disparaisse dans l'ombre de l'extérieur.

Oui… il semble parfait. Nicolas, bien sûr. Quoiqu'Andrew ne laisserait personne indifférent. Mon pouce que je passe à l'endroit où sa douce pression a laissé un sillon électrique pour preuve. Je me garde bien d'en faire la remarque à haute voix. Hors de question que j'incite Lucie à me pousser dans les bras d'un dictateur à moins d'une semaine de mon mariage.

— Je me demande bien quelle est la raison de cette urgence, ajoute-t-elle.

Si seulement nous pouvions regarder les actus… Pour la centième fois aujourd'hui, mon portable me manque !

La décision d'Andrew

Au cas où mes écrans ne seraient pas une piste, j'aime voir sans être vu. Je ne sais pas si c'est dû à nos années de cavales. Une conséquence inattendue après avoir joué à cache-cache pendant une décennie avec toutes les polices du monde ? À moins que ce ne soit ma nature de voyeur. Une volonté maladive de contrôler un pays qui ne peut l'être. Même si nos avis divergent souvent, Andy aime se joindre à moi avant nos soirées privées pour espionner. Bien sûr, le Liberty Hall a été construit en prenant en compte nos penchants. Celui-là... et quelques autres dont il n'est pas encore temps de parler.

Un quart d'heure avant, nous nous retrouvons dans une petite salle borgne. Un des murs est un miroir sans tain, qui donne sur l'escalator descendant vers le Chat noir. À mon ordre, le checkpoint au niveau de l'entrée lâche les filles.

Dans le silence de la pièce insonorisée, nous observons. Tandis que nos invitées défilent, Andy reste muet. Appuyé dans un angle, les mains dans les poches, il jette un œil négligent à chacune. Aucune ne lui plaît.

La dernière défile à 19 h 59. Il en manque encore deux d'après ma liste, Marianne et Lucie, des amies venues de Paris pour un week-end entre copines. Mes Gardiens qui les surveillent ont noté qu'elles terminent de se préparer chez « New Face ». Un magasin de vêtements sur la troisième, qui propose un package *relooking* complet, incluant chaussures, accessoires, coiffeur et esthéticien. Andrew lève un sourcil, intrigué, quand je l'en informe.

— Des retardataires ? Vraiment ?

Son intérêt est piqué. Une ruse, vieille comme le monde.

— Elles l'auront fait exprès.

— Tu me prends pour un idiot ? Bien sûr ! Je n'en apprécie pas moins le culot.

C'est alors que je note le changement de paramétrage réalisé par Marianne sur son profil. En couple ? Merde ! Avant qu'Andy ne jette son dévolu sur elle, j'ordonne une rapide enquête complémentaire sur les filles.

Andy décide qu'il est temps de faire notre entrée. Plongé dans ma tablette, je lui emboîte le pas, sans même adresser un regard à nos invitées qui roucoulent sur notre passage. Les informations qui m'arrivent, récupérées sur les profils publics de Marianne, sont édifiantes. Elle est prête à se marier. Voilà ce qu'il en coûte d'agir dans la précipitation ! Il est facile de blâmer Lucie pour sa frivolité. Ou Andy pour son entêtement. J'ai ma part de responsabilité : ma négligence. Si j'avais demandé cette enquête en amont, Marianne ne se serait jamais retrouvée sur notre liste.

Nous sommes arrivés dans notre alcôve, surplombant la salle, de nouveau à l'abri des regards. Je me laisse tomber sur un des deux canapés, bien décidé à admettre mon erreur :

— Je dois annuler leurs invitations, Marianne n'est pas célibataire.

— Non. Je suis curieux.

— Elle risque de nous créer des ennuis.

— A-t-elle tant d'attaches à l'extérieur ?

Je pose ma tablette sur la table basse où une bouteille de champagne a été débouchée à notre intention. Alors qu'Andy nous sert, je passe en revue un diaporama des photos personnelles de la jeune femme.

— Marianne Timber... Vingt-cinq ans. Un travail comme assistante sociale qu'elle prend à cœur. Un grand frère, très proche. Deux nièces qu'elle garde souvent les week-ends. Un fiancé ex-junky et instable.

— Avec un peu de temps, elle changerait d'avis.

Andy trempe ses lèvres dans son verre, regardant avec une insistance excessive un instantané de Marianne, les cheveux lâchés, les joues rougies par le froid, un bonnet ridicule posé de travers sur sa crinière auburn. Ses grands yeux bruns ont quelque chose de triste. Je ne peux m'empêcher de noter :

— Sans doute. Sa vie est loin d'être idéale. Ils ont des dettes importantes.

Je m'empresse de stopper notre contemplation intrusive du cliché de cette jeune femme innocente. Je change de profil, passant à celui de Lucie :

— Au pire, considère son amie. Lucie Saulnier. Vingt-huit ans. Fille unique. Célibataire. Famille riche et distante. Éternelle étudiante. Âme de jet-setteuse. Le style à aimer être vue et remarquée. Son père est venu ici de multiples fois.

Andy se désintéresse des enchainements de soirées et autres selfies surjoués de Lucie. Il semble parti bien loin, le regard perdu dans le vide.

— Tu te souviens du premier tableau que j'ai copié ?

— Le Delacroix ?

— *La Liberté guidant le peuple...* Elle me fait penser à cette femme brandissant le drapeau sur les barricades.

— Comment l'oublier ? Tu avais refusé de sortir cet été tellement cette peinture t'obsédait.

— Je devais atteindre la perfection du Maître.

— De mon côté, histoire de m'occuper, j'ai piraté mon premier site gouvernemental ce même été...

— Cela ne nous rajeunit pas. Nous avions quoi...

— Moi huit, et toi sept. C'était il y a vingt-quatre ans.

— J'ai passé tant d'heures à observer ses traits pour parfaire ma technique et capturer son essence... J'ai l'impression de la connaître depuis toujours.

— Nous n'avons vraiment pas besoin d'un scandale.

— Libertas survivra.

— Ses amis poseront soucis.

— Tu les stopperas.

— Elle est presque mariée.

— Je l'amènerai à me choisir.

Je soupire, vaincu. Pourquoi est-ce que je perds mon temps à espérer convaincre Andy ? Ma vaine tentative n'a eu que l'effet opposé. Il s'est buté sur sa décision : s'entretenir avec Marianne et l'amener à tomber amoureuse de lui.

— Très bien, fais ce que tu veux, comme toujours. Poursuis tes rêves, et je nettoierai derrière toi.

— Que serais-je sans toi, mon cher ami.

Je lève les yeux au ciel tout en contactant un de mes Gardiens au rez-de-chaussée.

— Table 14. La brune.

Andy et moi allions rencontrer Marianne pour la première fois. Nous allions croiser ce regard qui hanterait nos nuits.

Liberté, ou fatalité ?

Benjamin – 16 juin (17 h 30)

J'observe le paysage à travers la vitre dégueu du bus. Sur fond de banlieue grisonnante, mon visage apparaît parfois, triste et désabusé, avec de sacrés cernes.

— Putain… Marianne. Reviens vite. Je perds pied sans toi…

Le cadavre ambulant que je suis ne répond pas à ma pleurnicherie. Lorsque je vois monter Paul, mon meilleur pote a l'air aussi déphasé. Je comprends la dame devant nous qui attrape son sac à main et le cramponne sur ses genoux en nous jetant des regards fuyants quand il se laisse tomber sur le siège à côté du mien.

Il faut avouer qu'on n'a pas le style du gendre idéal, avec notre look de punks, jeans noirs déchirés et bottes crantées. Notre peau est couverte d'encre, des piercings aux oreilles, la lèvre et l'arcade sourcilière. Paul a même un anneau dans le nez, il ne fait jamais rien à moitié. Comme pour son dernier tatoo, qui lui remonte dans le cou. Il passera bientôt au visage à ce rythme.

Enfin, je peux parler. Lui il a des fringues propres. Moi je crois que j'ai remis mon tee-shirt d'hier avec une tache de graisse… Avant qu'il ne me fasse chier à tenter de me pousser à me confier, je prends les devants pour comprendre ce qui le mine :

— Putain, mec, t'as branlé quoi cette nuit ?

C'est moi l'insomniaque. Pas lui, capable de pioncer n'importe où, n'importe quand.

— J'ai mal dormi. Et t'as l'air encore plus nase que moi. C'est quoi l'embrouille ?

— Rien... On parle de toi. Donc ?

Il lève les yeux au ciel. Trop crevé pour me tenir tête, il avoue :

— Ma mère... elle s'est remise à vomir. J'ai passé la nuit à la veiller.

— Merde.

— Je crois que ses médocs font plus d'effet...

— Ça craint...

— Y a pas grand-chose à faire. Tu me réveilles quand on arrive ?

J'acquiesce. Là je reconnais mon Paul ! Il se roule en boule, ramenant ses jambes pliées sous lui. Le bus poursuit sa lente tournée à travers les barres d'immeubles, et moi mon observation des mêmes rues que je vois tous les jours pour aller bosser. Cette journée s'annonce magnifique, une météo de merde, la mère de Paul qui rechute, et Marianne qui se précipite dans la gueule du loup.

Avec une facilité qui continue de m'étonner, la respiration de Paul ne tarde pas à devenir régulière. Seul incident du parcours : il glisse vers moi dans un tournant que le chauffeur a pris un peu vite, et sa tête atterrit sur mon épaule. Ce n'est pas la première fois. J'accepte mon statut d'oreiller et le laisse roupiller.

Paul émerge de lui-même quelques arrêts avant notre destination. On reste silencieux jusqu'à la descente du bus. Remuer la merde ne servira pas à la rendre comestible. Contrairement à ce qu'on essaie de cuisiner dans la pizzéria qui nous exploite pour un salaire de misère. Le manager a dû s'engueuler avec sa femme, ou une autre connerie du genre, car il se comporte comme un tyran toute la soirée et ne nous lâche pas. Au moins, ça m'évite de réfléchir.

On reprend notre discussion à la pause. Il doit être 21 h, ou pas loin. Notre demi-heure de calme se passe dans la ruelle derrière le restaurant, autour d'une piz-za composée de restes en tout genre. Paul tente une approche aussi vieille que le monde pour m'amener à causer :

— Alors, comment ça fait de vivre sa dernière se-maine de liberté ?

Ils m'emmerdent tous avec leurs questions. J'aime Marianne depuis que, tel un ange, elle est apparue dans ma vie et m'a sorti des conneries. Être mariés changera que dalle. Sur les conseils de mon psy, je me force à répondre poliment :

— Ça va...

— T'es sûr ? Écoute, je sais pas comment l'aborder...

C'est pas le moment de recraquer, mec. Si t'es tenté ou...

— Putain, je te dis que ça va !

— Alors quoi ? T'es pas dans ton état normal. Y a un truc ! Je le sens.

— Je suis qu'un con trop sentimental. Y a rien d'autre à ajouter.

Je referme le carton de ma pizza et m'apprête à me lever pour fuir l'interrogatoire, quand sa main, posée sur mon avant-bras, stoppe ma tentative.

— Accouche...

Je me retourne vers Paul, dans l'intention de lui sortir une crasse quelconque pour qu'il me lâche avant que je ne devienne violent. Ou plutôt qu'il me colle une raclée, car il ne faut pas le chercher. Au diable les sermons du psy !

Mais sa mine de déterré fait retomber ma colère. Je pourrais rajouter égoïste à la liste des mes défauts. Il a déjà sa mère, pour qui s'inquiéter, autant qu'il sache l'histoire et qu'il m'oublie :

— Marianne... avec Lucie... elles sont parties ce week-end à Libertas...

— Où ça ?

— L.I.B.E.R.T.A.S. Tu connais pas ? Putain, ça fait la une des infos au moins une fois par mois ! Y a même un *show télé*[1]...

— Ça me dit vaguement quelque chose...

— Laisse tomber...

----

1. Voir @*Buzz1299* de la même autrice

Paul vit trop sur sa propre planète parfois. Il insiste pourtant :

— Explique.

— Je m'appelle pas Google...

— Ben... Pas aujourd'hui... s'il te plaît.

J'inspire à pleins poumons. Qu'est-ce que je racontais ? Ah, oui, que je suis qu'un con sentimental et égoïste, que mon psy n'a aucune idée du bordel que c'est dans ma tête pour me donner de tels conseils de bisounours, et que Paul devrait se dénicher un vrai ami. Mais tant qu'il est coincé avec moi... Je m'appuie contre le mur, les mains dans les poches, et j'essaie de lui résumer ce que j'ai trouvé sur l'île :

— Bon, en gros, le pays a été fondé par deux Français. Des faussaires, du genre super doué. Un jour, Interpol a découvert leur combine grâce à un intermédiaire peu scrupuleux. Depuis au moins une décennie, ils volaient des œuvres majeures dans les musées et chez les particuliers, et les remplaçaient par des copies, avant de refourguer l'original pour des millions, et ça sans éveiller les soupçons. Du gros bonnet, quoi. Même dans le collimateur de la police, ils ont réussi à leur échapper pendant des années ! Mais un jour, comme ils en avaient marre d'être en cavale, ils ont convaincu un petit pays d'Afrique de leur céder une île en pleine Méditerranée, avec les droits dessus. Je ne sais trop comment, ils ont déclaré leur indépendance et, du coup, ils se sont protégés de l'extradition.

— On aurait dû penser à ça !

— Trop drôle... Là où ils ont été forts, c'est qu'au lieu de se construire une villa et *basta*, ils ont vu gros. Casinos, hôtels, aéroport... Ils avaient déjà beaucoup de fric, et ça a été le jackpot ! Dix ans et ils se retrouvent à la tête d'un Vegas 2.0. Ils se font des couilles en or, il paraît. Au nez et à la barbe de la justice internationale ! Tout serait légal là-bas... La drogue, la prostitution, même le meurtre !

— T'exagères pas un peu ?

— On va *check* chez toi si tu me crois pas. Je suis pas en état de livrer des putains de pizzas pendant deux heures avec ce taré du contrôle sur mon dos.

— Ouais, ça m'évitera de lui défoncer la gueule s'il répète encore « dépêchez-vous ».

— Mais trop ! On cherchera un meilleur taf. Si possible pas à l'autre bout de la ville.

— On est pas des putains d'esclaves ! renchérit Paul. Tout le fric du monde vaut pas de perdre mes derniers jours avec ma mère.

— Ouais !

— Et faut que je passe acheter de la bouffe. J'ai galéré à préparer le dîner de Lola aujourd'hui.

— Ta petite sœur a de la chance de t'avoir.

— Ça reste à prouver...

Du coup, on se casse en douce, au milieu du service. Notre manager va être fou de rage. Je regrette juste de pas pouvoir filmer sa tronche quand il va découvrir notre carton vide dans l'allée.

Le retour en bus est rapide. Moins de passagers le soir, donc moins d'arrêts. On se fond aussi mieux dans la population des oiseaux de nuit. Un saut par la supérette, et on se retrouve avec nos courses à la main dans l'appart' de la mère de Paul. Cette dernière s'est endormie sur le canapé, la télévision toujours allumée.

— Je vais vérifier si Lola s'est bien couchée, me murmure Paul.

Pour m'occuper, je déballe les sacs sur la table, et j'organise en tas : le frais, l'épicerie, les conserves, les produits ménagers, et les autres. Pour les premiers, je ne me pose pas trop de questions, j'empile en vrac dans le frigo, qui est de toute façon presque vide. Je suis par contre perplexe avec le reste. Où mettre le riz et les pâtes ? Et le sopalin ?

— Je vais m'en charger.

Je sursaute. La mère de Paul s'est réveillée. Elle n'a plus rien de la belle femme que j'ai connue quand j'étais gamin. La maladie la bouffe.

— Je peux faire quelque chose pour vous, Madame Adler ?

— Non, merci Benjamin. C'est la volonté de Dieu, voilà tout. Ça fait plaisir de te voir, tu as meilleure mine que la dernière fois. Je sais, on ne peut pas dire la même chose pour moi.

Heureusement, son fils décide de revenir à ce moment et de me sauver d'une discussion gênante.

C'est quand presque tout a trouvé sa place dans les placards qu'un bandeau à la télévision m'interpelle. J'attrape la télécommande, qui a glissé entre deux coussins du canapé, et monte le son. On prend en cours le pitch de la présentatrice BCBG de la chaîne d'info :

« Emily avait résidé pendant deux années à Libertas, abandonnant ses études en quatrième année de médecine. Rentrée aujourd'hui à Londres sans avertir sa famille, elle a été retrouvée morte en fin d'après-midi dans la Tamise par des plongeurs qui répondaient à un appel d'urgence, des passants ayant vu une femme errer sur les berges. Sans attendre, notre envoyé spécial en direct de la morgue où les premiers tests sont effectués... »

Nos regards se croisent, et Paul a désormais lui aussi ce même air de panique qui ne me quitte pas depuis le coup de téléphone de Marianne ce matin. Je lâche, d'une voix blanche :

— Qu'est-ce qu'on va faire ?

— Et si on allait la chercher ? Hors de question qu'on reste là comme deux cons à rien glander !

Juste dix petites heures

Je me réveille avec la drôle d'impression d'être observée. J'ouvre les yeux, un peu perdue. Le luxe qui m'entoure m'aide à me souvenir : grâce au soudain intérêt des dictateurs locaux, Lucie et moi avons été déplacées dans une suite du cent vingt-cinquième étage du Liberty Hall. La salle de bain suffirait à elle seule à contenir mon appartement parisien… ce qui me ramène à l'absence de Ben. J'ai envie de pleurer…

Même si le soleil perce déjà à travers les rideaux, j'allume la lampe de chevet pour mieux voir autour de moi. Personne. Enfin, autant que je peux en juger. Les cachettes sont nombreuses dans cette immense chambre où tout est blanc et jaune. Derrière la causeuse par exemple. Ou sous le bureau de ministre. Voire dans le coin à côté de la table dédiée au maquillage.

Pour ajouter à mon malaise, mon téléphone portable me manque. J'ai pris la mauvaise habitude de passer les quinze premières minutes de mon réveil à me promener sur les médias sociaux. Si seulement je pouvais au moins joindre Ben et entendre sa voix, je me sentirais mieux… il doit s'en faire à mort à l'heure qu'il est !

Je sursaute à un bruit. Avant de réaliser que ce n'est que de la vaisselle qui s'entrechoque. Une discrète odeur de nourriture mêlée au café me confirme que c'est juste le petit-déjeuner.

— Quelle idiote…

La parano ambiante m'amène à surréagir. Lucie n'a pas tort jusqu'à présent. À part la bagarre aperçue de loin, Libertas n'est pas l'île diabolique que les chaînes de télévision décrivent. Elle ressemble à n'importe quelle ville festive des reportages, Ibiza, Amsterdam ou La Nouvelle-Orléans. Enfin, cela ne change pas l'évidence du siècle : je ne suis pas à ma place ici. Il me tarde que la journée se termine. Ce soir, l'avion me rapatrie vers Paris. Juste une petite dizaine d'heures… je devrais pouvoir survivre, non ?

M'étant autopersuadée que tout va bien, je m'extirpe du lit. Les draps sont dans une matière que je ne connaissais pas. Très douce et un peu brillante. De la soie ? Qu'importe. Même eux sont dans les tons de la suite. Un beau jaune qui me rappelle le miel des abeilles.

— Est-ce que chaque chambre a sa propre parure pour coller à la déco ?

L'idée me paraît insensée.

— Oui !

Je me retourne, surprise de la réponse à ma question marmonnée qui était de la simple rhétorique. Lucie est dans l'encadrement de la porte, pimpante dans une chemise de nuit au décolleté plongeant. Elle est bien loin l'époque où elle complexait sur son acné galopante ou son absence de poitrine.

— Ma chambre est violette, et les draps pareil. Allez, marmotte ! Debout !

Sans pitié pour mes yeux encore endormis, elle ouvre les rideaux en grand. Je manifeste mon mécontentement par des grognements sans vraiment perdre mon énergie à articuler des phrases sensées, bien consciente que, quoi que je dise, elle aura le dernier mot.

— Je réalise toujours pas ce qui nous arrive ! C'est magique ! Un véritable conte de fées. Les rois de ces lieux nous ont invitées dans leur château. Tu as vu cet appartement ? Il me fait penser à notre maison sur la Côte d'Azur ! Y a cinq chambres. Cinq !

— Je suis presque mariée. Je n'aurais pas dû accepter. Ce n'est pas correct par rapport à Ben…

— Andrew flirte un peu. Ça ne constitue pas un crime. Surtout ici ! Rien n'est interdit et tu étais consentante ! C'est marqué dans la constitution de Libertas.

— On devrait partir.

— Partir ?

— Oui, tout de suite. Andrew me fait peur.

— Notre avion ne décolle que dans dix heures !

— Tant pis, nous attendrons au terminal.

— C'est hors de question. Tu te rappelles notre marché ? Un week-end à s'amuser. Un dernier moment de liberté avant que tu ne t'engages pour la vie. Je refuse de te laisser saborder ton bonheur comme tu sais si bien le faire. De toute façon, nous avons des plans pour midi, il serait impoli d'annuler.

— Quels plans ?

— Andrew et Nicolas nous invitent à déjeuner au restaurant sur le toit-terrasse.

— Ah…

J'avais oublié… Lucie relève le menton. Effrontée, elle me met au défi d'insister pour partir. Elle me connaît trop bien, la confrontation m'effraie. Je baisse les yeux et, bien docile, je vais m'habiller. Dix heures… Juste dix petites heures.

À mon retour dans le salon, je tombe nez à nez avec une rousse, ses traits me semblent familiers.

— Oups, désolée, j'avais oublié quelque chose.

En guise d'explication, elle me montre ses bas, qu'elle tient en boule dans sa main. Je ne sais trop quoi répondre. Surtout que je viens de la reconnaître : l'inconnue qui m'a prise au dépourvu hier à notre arrivée. Le souvenir de la chaleur de ses lèvres contre les miennes occulte mes pensées rationnelles.

— Tu fous quoi, Candy ?

C'est au tour d'un jeune homme de débarquer, les cheveux courts, des tablettes de chocolat que je ne peux qu'admirer, car il ne porte pas de tee-shirt. Je n'arrive pas à m'attarder sur son visage, ne remarquant que le premier bouton de son jean ouvert sur un caleçon Calvin Klein.

— Je t'assure que si vous remettez ça sans moi…

Il s'arrête en croisant mon regard qui tente de se détacher de ses hanches découpées, et des quelques poils qui apparaissent, juste à la limite de l'aine.

— Hé, bonjour toi,

Son ton ne laisse place à aucun doute quant à ses intentions cochonnes. Heureusement, Lucie m'évite une explication gênante.

— Je vous avais dit de filer, s'énerve-t-elle.

— Candy avait… essaie d'intervenir le gars.

— Laisse tomber, répond la rouquine. C'était sympa, Lucie. À plus !

Interloquée, je me retourne vers mon amie, qui hausse les épaules.

— Quoi ? Tu pensais que j'allais dormir à 22 h comme une gentille petite fille ?

Malgré le malaise, Lucie réussit presque à me faire oublier l'étrange rencontre matinale et mes appréhensions avec son babillage incessant. Elle s'imagine mariée à l'un de ces deux escrocs et planifie sa vie future avec un niveau de détail qui frise le malsain. Je me garde bien de lui signaler qu'elle n'a encore vu que dix minutes ceux qu'elle imagine être les pères de ses enfants. Sans oublier que l'un l'ignore royalement, tandis que le second n'est pas très expressif sur ses sentiments en général.

Une fois l'estomac plein, je suis rassurée de découvrir que Lucie a sélectionné ce qu'elle veut que je porte pour ce déjeuner au sommet, des robes simples en lin naturel. Du coup, la préparation n'est pas aussi longue et laborieuse que la veille. Nous passons le reste de la matinée à papoter de sujets sans importance, ce qui signifie que Lucie parle, et que je m'inquiète pour ceux qui m'attendent à Paris.

À la sortie de l'ascenseur qui donne sur le toit-terrasse du Liberty Hall, nous pénétrons une nouvelle fois dans la folie de Libertas, cet univers insensé qu'Andrew et Nicolas ont créé. Nous sommes accueillies par les rires éclatants et les bulles de savon d'une immense fête organisée autour d'une piscine, étincelante sous le soleil d'été.

Au centre de l'attention, ils sont là : les deux architectes tout-puissants de Libertas. Andrew est allongé sur une chaise longue, à l'ombre d'un parasol, en pleine discussion avec trois bimbos en bikinis. Nicolas, de son côté, enchaîne les longueurs au milieu de la mousse sous les admirations d'un fan-club dénudé et enthousiaste.

Ils semblent irréels. Ils vivent hors du temps et des lois qui régissent le commun des mortels. Je ne peux pas m'empêcher de demander :

— Je croyais que c'était un déjeuner privé ?

Lucie hausse les épaules, visiblement aussi surprise que moi.

— Je présume qu'il ne vaut mieux pas espérer l'exclusivité avec eux. Allons-y.

Une pointe de jalousie mal masquée pointe sous sa remarque qu'elle tente pourtant de faire paraître détachée. Un sentiment de crainte émerveillée me submerge alors que nous nous frayons un chemin à travers la foule de ces fêtards matinaux. Un couple baise dans un coin. Plus loin, un groupe hétéroclite s'adonne à d'étranges jeux, avec des bouteilles et des couteaux. Le sol est rouge autour des participants, j'ignore s'il s'agit de sang ou de sangria.

Je me retrouve vite avec je ne sais quel cocktail à la main, et des pilules bleues suspectes, n'ayant pas pu refuser l'offre d'un serveur aux allures de Ken.

La musique vibrante est à la fois dérangeante et entraînante. Mais je m'interdis d'en profiter. Je balance la drogue dans un coin, et abandonne mon verre sur le bord du pot géant d'un grand palmier. Hors de question que je me mette à me dandiner comme ces filles frivoles qui s'affichent sans aucune pudeur.

Quand nous arrivons à son niveau, Andrew pivote vers nous. Son regard croise le mien, et déclenche un frisson le long de mon échine.

— Marianne et Lucie. Je suis content que vous soyez venues.

Bien difficilement, je m'extrais de son attraction troublante. Pour me débarrasser de lui, je croyais pouvoir compter sur la détermination de Lucie à séduire son futur mari. Elle prend le relais avec son enthousiasme débordant et commence à l'assaillir d'une vague de mondanités. Mais cette tentative de détournement échoue, et Andrew revient vite à moi :

— Marianne, aimez-vous la peinture ?

— Euh… Je ne sais pas trop. Je suis allée une fois au Louvre.

— Quel magnifique musée ! J'appréciais sa visite. Mais je crains de ne plus être le bienvenu. Et pourtant, si je leur révélais… peut-être qu'ils me demanderaient de leur refaire quelques œuvres.

Il rit à cette blague que lui seul semble comprendre. Avec une calme confiance, il se lève et, même s'il ne se permet pas de me toucher, son corps est si proche du mien que je ressens sa chaleur.

— Vous seriez si belle dans ces galeries, chuchote-t-il à voix grave.

Je voudrais reculer pour rétablir ma bulle d'intimité, mais toute retraite m'est impossible. Je suis coincée entre la table basse et une seconde chaise longue.

Heureusement, c'est à ce moment que Nicolas décide de revenir. Luisant d'humidité, il marche à grands pas énergiques, ignorant les réflexions que plusieurs filles, pas très discrètes, et sans doute déjà bourrées, n'hésitent pas à faire sur son physique. Ça m'agace… je me surprends à avoir envie de défendre Nicolas. Si les rôles étaient inversés, les gars se verraient insultés de tous les noms, et estampillés de l'étiquette de pervers.

Nicolas nous salue d'un signe de la tête, tout en s'emparant d'une serviette.

— Marianne… Lucie… est-ce que tout va bien ?

Même si je ne remarque aucun échange, Andrew semble réagir à un ordre muet côté Nicolas, car il se recule d'un pas. Enfin un peu d'air ! Une excuse bidon me sert à fuir :

— Je dois aller aux toilettes.

— Dans le restaurant, derrière le bar.

Reconnaissante de ce sauvetage impromptu, j'adresse un petit sourire à Nicolas, et disparais dans la direction qu'il vient de m'indiquer. Je marche sans doute un peu trop vite pour ma dignité. Qu'importe. J'assume le besoin de fuir cet homme étrange qu'est Andrew.

Je n'ai aucun mal à trouver les WC, qui sont de toute façon réindiqués. C'est une nouvelle fois un lieu très chic, lumière tamisée et serviettes pliées dans un large panier. Je me place devant l'une des vasques, les mains appuyées de chaque côté sur le plan de travail en marbre noir, et perds trente secondes à contempler bêtement le robinet doré. Puis je me décide à me mettre un peu d'eau sur le visage.

Quand je me relève, une fille est en train de m'observer. Une blonde platine que je n'aurais pas reconnue si ce n'était par son maillot de bain rose minimaliste. Elle faisait partie d'un de ces groupes qui minaudait autour de Nicolas.

— Tiens, la nouvelle chouchoute d'Andrew.

Son ton est froid. Peu de chance qu'on devienne de grandes amies. Elle se place à côté de moi, vérifiant son maquillage et sa coiffure dans le vaste miroir rétroéclairé. C'est puéril de ma part, mais même si elle semble m'avoir oubliée, je ne peux pas m'empêcher de me défendre :

— Je ne vois pas du tout de quoi vous voulez parler. Je pars tout à l'heure, de toute façon.

— Comme s'ils allaient te laisser t'envoler.

— Qu'est-ce que vous insinuez ?

— Rien, rien. Méfie-toi de Nicolas ! Il ferait n'importe quoi pour Andrew.

Et elle m'abandonne là, avec toutes mes questions. Plus que huit heures à tenir… Et même presque déjà sept. Je vais y arriver. Non ?

Liberté, ou conséquences ?

Il y avait bien un déjeuner de prévu en petit comité. Dès mon retour des toilettes, et après cette étrange discussion avec la fille au bikini rose, Nicolas a initié le mouvement vers un espace privatisé, à l'arrière du restaurant. Andrew s'est incrusté à ma droite, Nicolas en face de lui, et Lucie de moi. Juste nous quatre dans une immense salle capable d'accueillir une centaine de couverts. Nous, et une armée de serveurs qui viennent nous apporter les plats.

Peu après le début du repas, Andrew entame la conversation de la plus maladroite des façons :

— Marianne, avez-vous déjà été fascinée par les astres de nos cieux ? Elles sont comme des portes vers l'infini. J'étudiais le célèbre tableau de Van Gogh ce matin, *Nuit étoilée*, et je ne peux arrêter d'y penser.

Je rougis légèrement, sentant son regard insistant sur moi, et sa jambe bien trop proche de la mienne sous la table. Est-ce qu'il est en train de me draguer avec un sujet aussi banal ? En pleine journée ?

— Euh. Oui ?

Je ne sais pas quoi répondre. Comme toujours, Lucie vient à ma rescousse, trouvant un moyen élégant d'entretenir la conversation, si futile soit-elle :

— Les étoiles sont à la fois belles et mystérieuses.

Un sourire en coin s'étire sur les lèvres d'Andrew qui renchérit, ignorant mon amie :

— Elles seraient bien pâles face à vous.

Mon cœur s'emballe, et je me tourne vers Lucie, espérant qu'elle continue de m'offrir ce répit dont j'ai besoin.

Heureusement, elle semble déterminée à attirer l'attention sur elle, et se lance dans des anecdotes d'étudiante, sur des sujets dont je ne garde aucun souvenir, si ce n'est l'enthousiasme et les gestes exagérés de la narratrice.

Nicolas conserve le silence jusqu'au dessert, Andrew tente une approche directe entre deux profiteroles, utilisant une nouvelle comparaison ridicule. Sans doute quelque chose en lien avec sa passion de la peinture, à moins que ce ne soit de nouveau sur le ciel et les nuages ? Quitte à être dans le cliché...

— Andy, tu as perdu l'habitude de les avoir à tes pieds, remarque Nicolas d'un ton neutre.

Andrew éclate de rire :

— La faute à qui ? Quand je te dis que mes talents s'étiolent par manque de défis…

— Choix et conséquences, murmure Nicolas.

Ses traits, vides de toute expression, en sont presque inquiétants. Cette discussion prend une tournure bien trop personnelle, entre Nicolas et Andrew qui semblent avoir un désaccord à régler. Si seulement la téléportation existait, ou si je pouvais me transformer en souris, et m'enfuir par un trou afin de ne pas me retrouver mêlée à ces affaires qui ne nous regardent pas. Imperturbable, Andrew enchaine avec beaucoup d'assurance :

— Marianne, que diriez-vous d'une promenade cet après-midi ?

Le nœud dans mon estomac se resserre. Je tente de rester calme, de ne pas laisser paraître mon embarras.

— Je... je suis désolée, Andrew. Je suis sur le point de me marier. Ben et moi... notre relation est importante pour moi.

Je jette un coup d'œil à Lucie, puis à Nicolas, cherchant un soutien. Quelqu'un ?

— Les étoiles peuvent se voir éclipsées et perdre leur brillance si on les fixe trop longtemps.

La remarque est lancée sans préavis, froide et incisive. Surprise par cette allusion pleine de finesse qui dévoile une facette de la personnalité de Nicolas que je ne devinais pas, je le suis tout autant du grand rire qui agite soudain Andrew. Il fait un petit signe de tête en direction de Nicolas qui pince les lèvres. En retour, Andrew acquiesce. Ces deux-là sont difficiles à décrypter. Ils ont tellement l'habitude d'interagir entre eux qu'ils n'ont pas besoin de mots.

Andrew décide alors de rediriger ses questions vers celle qu'il ignorait jusqu'à présent :

— Et vous Lucie, avez-vous des projets d'exploration stellaire ?

Mon amie s'illumine, je crois que c'est la première fois qu'Andrew s'adresse à elle. Du coup, l'ambiance autour de la table s'améliore. Redevenue celle qui écoute sans être consultée, je retourne mon attention vers les bouchées sucrées qui viennent accompagner le café, et surtout vers ce décompte qui me rapproche du moment où je vais pouvoir arrêter de prétendre m'amuser.

Lucie doit sentir ma détresse, car elle ne fait pas durer l'épreuve. À peine son assiette terminée, c'est elle qui insiste pour que nous remontions dans notre suite. Je bafouille une excuse lamentable à Andrew quand il me demande s'il aura l'occasion de me revoir avant mon départ. Il abandonne, comprenant que je suis à bout.

Enfin de retour dans la relative sécurité de notre appartement, je cours me réfugier dans ma chambre. C'est sans compter sur Lucie qui ne respecte pas mon message pourtant très clair de « je ne veux pas être dérangée ». Elle vient s'asseoir au bord du lit dans lequel je me suis enfouie sous la couette.

— Ça va ?

J'émerge de mon repaire, bien décidée cette fois à être claire :

— À ton avis ? Il faut qu'on dégage ! Fissa ! Je ne veux pas passer une minute supplémentaire dans ce pays. Andrew me fait flipper.

— D'accord… d'accord…

Elle soupire, avant d'ajouter :

— Je suis désolée, je pensais que ça te plairait. Que ça t'aiderait à te lâcher.

— Dans quelle putain de réalité est-ce qu'un endroit comme Libertas pourrait me plaire ?

— Celle où tu acceptes de vivre sans t'imposer une ligne de conduite ? Enfin, bref. Si tu commences à être aussi grossière que Ben… Allons-y si c'est ce que tu veux.

L'avantage de n'apporter aucun objet personnel, c'est qu'il n'y a aucun bagage à faire ou d'affaires à oublier. Dans la seconde qui suit notre décision, nous sommes dans le couloir, à marcher vers l'ascenseur.

Deux Gardiens nous attendent devant la cage. Je ne réalise même pas qu'ils sont là pour nous. Après tout, ils ont sans doute bien des raisons de patrouiller dans l'immeuble. Du coup, je sursaute quand l'un d'eux s'interpose entre moi et la console qui permet d'entrer le numéro de l'étage de destination. Naïvement, je demande :

— Vous descendez ?

— Non. Nous montons. Et vous aussi.

— Comment ça ?

Ma question s'est à moitié étranglée dans ma gorge. Je repense à ce que m'a dit la fille dans les toilettes : « Comme s'ils allaient te laisser t'envoler. ».

— C'est inacceptable ! s'insurge Lucie.

— Monsieur Anderson voudrait échanger quelques

derniers mots avec vous. Si vous le permettez.

La façon polie de présenter l'invitation me rassure. Mes parents m'ont en effet appris à remercier mes hôtes avant de prendre congé. Une fois à l'avant-dernier étage du Liberty Hall, nous patientons moins d'une minute face à une grande double porte en bois massif. Nicolas arrive peu après nous, et Lucie ne lui accorde aucun répit :

— Ah ! Vous voilà ! Ces Gardiens nous retiennent contre notre gré !

— Juste un excès de zèle. Andrew voudrait souhaiter bon voyage à Marianne avant son départ.

— Donc... nous sommes libres de partir ?

— Bien sûr ! Pour qui nous prenez-vous ? Des kidnappeurs ?

J'interviens, pas tout à fait certaine encore de ce que je vais décider :

— Je présume qu'il serait impoli de refuser.

Lucie se montre alors étonnamment compatissante :

— Tu ne lui dois rien, Poulette...

— Tu m'attends, hein ?

Nicolas ne nous laisse pas le temps de nous apitoyer :

— Messieurs, tenez donc compagnie à Mademoiselle Saulnier, voulez-vous ?

Suivant Nicolas à l'intérieur du bureau dont il me tient l'une des portes ouverte, je découvre une pièce plongée dans l'obscurité. Un nombre impressionnant de téléviseurs éteints couvre trois des quatre côtés.

Nicolas s'assoit à sa table, où se trouvent d'autres écrans. Comme il ne paraît pas pressé, je prends les devants :

— Andrew nous rejoindra-t-il bientôt ?

— Plus tard, car vous ne partez pas.

— Quoi ? C'est ridicule.

— Vous allez décider de rester.

— Bien sûr que non, j'ai mon mariage, le Centre social, ma famille... Maintenant, excusez-moi.

Je me retourne. À peine ai-je fait deux pas en direction de la porte que tout s'allume autour de nous. Derrière moi, Nicolas murmure :

— J'espérais ne pas avoir à vous montrer ça...

Je réalise alors que je connais les gens qui évoluent sur les écrans. À ma droite, c'est une vidéosurveillance du parking de la piscine municipale, où l'une de mes collègues discute avec un homme. Au-dessus, mon frère manœuvre la double poussette de mes nièces entre des voitures mal garées d'une rue parisienne. Mais celui qui attire toute mon attention, c'est l'enregistrement d'une caméra à l'intérieur d'un bus, où Paul dort sur l'épaule de Ben. Sous leurs apparences de petites frappes, leur côté vulnérable me frappe. Benjamin est adorable au naturel.

— Pourquoi ?

Face à ma stupeur, je suis incapable d'élaborer une phrase complète.

— Pour que vous compreniez mes arguments.

— Que voulez-vous dire ?

— Nous devons tous faire des choses contre notre gré dans l'intérêt de ceux que nous aimons. Votre frère est loin de Libertas. Par contre...

Les deux inséparables marchent dans un couloir, dont je ne me rappelle que trop bien… Ben et Paul sont à l'aéroport de Libertas !

— Benjamin et son ami ont profité d'une promotion inattendue. Ils viennent d'atterrir, et leurs papiers semblent en règle...

— Non... Ben ne peut pas se rendre à Libertas !

— Combien de temps résistera-t-il face à l'héroïne en vente libre ?

— S'il vous plaît. Je peux rester.

— Vous pouvez, ou vous voulez ? Chacun est libre de décider. À Libertas, ce n'est qu'une question de consentement et de conséquences.

— Promettez-moi qu'il ne sera JAMAIS accepté à Libertas.

— Je peux vous le garantir si vous m'aidez à l'éloigner. Je vous en prie, pour son bien, soyez convaincante.

D'un tiroir de son bureau, Nicolas sort mon téléphone portable. Passer cet appel a été la pire décision de ma vie, et sans doute l'expérience la plus humiliante.

— Ben... Poussin… Écoute, je suis venue à Libertas pour profiter d'un ultime moment de liberté avant notre mariage. J'ai réalisé que j'avais besoin de plus de temps. Je m'amuse énormément ici...

Une seule soirée

Nicolas – 20 juin (23 h 45)
Trois jours plus tard

Et voilà où nous en sommes : une erreur, une liste, la décision irrévocable d'Andrew. Autant d'événements qui nous précipitent vers une nouvelle catastrophe.

Une alerte attire mon attention. Andy se tient devant la chambre de Marianne et s'apprête à toquer pour la dixième fois en trois jours. Je passe en revue les caméras de surveillance. La jeune femme est toujours roulée en boule dans son lit. Comme les précédentes tentatives, elle ignore les coups frappés à sa porte. L'idiot romantique insiste. Elle sursaute et se retourne, les mains sur les oreilles. Je me lève, prêt à courir à l'étage inférieur s'il faut intervenir. Ça se révèle inutile. Tout puissant soit-il, Andy possède encore un semblant de dignité. Il n'entre pas dans les appartements d'une dame sans y être invité.

Je me replonge sur le cas Emily. Le suicide de l'ex-conquête d'Andy va nous coûter une fortune et Marianne est une monumentale connerie, au pire moment qui soit. Je n'ai pas le temps de gérer deux crises internationales la même semaine !

Peu après, impossible d'ignorer le fracas qui provient du bureau d'Andy. Mon ordinateur verrouillé, je rejoins mon cher ami et découvre qu'un nouveau chevalet vient de subir sa colère.

— Elle refuse de me voir.

Il a le dos tourné, les poings fermés, les épaules tendues, menaçant la structure en bois détruite à ses pieds.

— C'est son droit.

— Comment est-ce que je peux la faire changer d'avis à mon encontre ?

Il m'interroge avec ce dramatisme dont il aime abuser. Son âme tourmentée est en ce moment persuadée que la jeune femme est son unique raison de vivre.

— Marianne n'est pas à sa place ici.

— Elle doit rester.

— Mesures-tu les potentielles conséquences pour Libertas ?

— Le cœur a ses raisons que la raison...

Je le connais si bien, j'avais deviné où ses pensées l'embarquaient. Mais ce soir, son attitude offensée m'agace. Je n'ai que trop vécu cette situation où Andy m'amène à des extrémités qui me fatiguent.

— Épargne-moi tes citations ! Je ne suis pas d'humeur.

— Oui. J'ai retrouvé mon inspiration perdue grâce à elle. Mes derniers tableaux sont bons. Excellents même.

— Je suis las de réparer tes conneries, Andy. L'affaire Emily est encore loin d'être close. Ses parents essaient de convaincre la police londonienne d'exiger la reconnaissance de notre responsabilité et de porter son cas devant la Cour pénale internationale.

— Ils ne trouveront rien qui nous accuse, Emily a décidé de rester à Libertas bien avant que je ne m'intéresse à elle... Bien après aussi !

— Je n'apprécie jamais que des gens remuent la merde, on ne sait jamais sur quoi ils peuvent tomber. Ou qui. Nous comptons le capitaine parmi nos amis, il sera là demain soir, il doit abandonner les poursuites.

— Je présume que tu as réfléchi au cadre idéal ?

— Un bal. Comme lui et sa femme les aiment.

— Bien... Je le charmerai. Il verra que je suis un homme raisonnable et qu'Emily n'a jamais été forcée de rester. Si je pouvais lui présenter ma reine...

Je soupire. Andy n'abandonnera pas sa nouvelle lubie si facilement. J'ai besoin d'un verre. Sur la desserte, diverses bouteilles d'alcools s'alignent. Je prends le temps de lire les étiquettes des grands crus qu'Andy collectionne comme des trophées, avant de les ranger en les organisant par ordre de taille.

Cet étalage n'est bon qu'à impressionner nos visiteurs. Nous buvons toujours la même chose, et le bourbon est d'ailleurs le seul ouvert. Je nous sers deux verres du liquide ambré, sec et sans glace, et vais le rejoindre sur le balcon. Loin en contrebas, les mille néons de la ville brillent sur une nouvelle nuit de débauche.

— J'espère que Marianne justifie le fait de bafouer les principes de Libertas.

Il accepte la boisson, et goûte une gorgée avant de me répondre :

— Libertas n'est que le résultat d'un plan de cavale poussé jusqu'à son excellence.

— Ce pays signifie beaucoup plus désormais, un idéal de vie pour des millions de visiteurs !

— La liberté n'est qu'un fantasme, une illusion qui s'évanouit sitôt effleurée. Personne n'est jamais libre, nous moins que quiconque.

— Sur ce point au moins, je ne peux que t'approuver. À notre prison dorée !

Nous trinquons et restons silencieux un moment. La fête qui règne dans les rues est bien trop éloignée pour monter jusqu'à notre paradis dans les nuages. Nous ne pouvons que l'imaginer, et brièvement admirer les lumières d'un feu d'artifice.

— Un rendez-vous, voilà ce que je propose. Si Marianne t'accompagne au bal demain, qu'elle accepte d'être ta « reine » comme tu le dis, tu me promets qu'elle sera libre de décider ensuite ? Sans aucune pression de notre part.

Il me transperce de ses yeux clairs qui brillent d'une excitation nouvelle. Avant d'incliner la tête en ma direction.

— Soit. J'accepte le défi. Une soirée pour convaincre Marianne de devenir ma muse !

Je trinque au compromis et vide mon verre d'un trait.

— Bien, il ne me reste qu'à parler à l'intéressée.

J'abandonne Andy à ses espoirs, alors qu'il doit s'imaginer voler sur la piste de danse avec sa belle. Sans m'arrêter devant mon bureau, j'emprunte les escaliers pour descendre à l'étage inférieur, là où se situent les meilleures suites du Liberty Hall, dont la 125-C où est installée Marianne.

Contrairement à Andy, je n'ai aucune intention de jouer franc jeu avec elle. Je ne frappe pas et entre. Du palier, je m'annonce, d'une voix forte qu'elle ne peut qu'entendre depuis la chambre :

— Marianne. C'est Nicolas. Je dois vous parler de Benjamin.

J'allume, sortant la pièce de la pénombre, ce décor qui ne quitte jamais l'un de mes écrans de surveillance depuis trois jours. Marianne apparaît, les cheveux en bataille, d'énormes cernes sous les yeux. Elle porte la même robe que dimanche.

— Ben va bien ? Et Lucie ? Paul ?

— Rentrés sur Paris et en parfaite santé. J'ai une proposition à vous présenter. Acceptez de passer la soirée de demain aux côtés d'Andrew. Ensuite, vous pourrez décider de retourner auprès de vos amis, et épouser Benjamin si c'est toujours ce que vous voulez, sans que nous ne nous interposions.

— Et Ben ne risquera rien ?

— Votre fiancé sera sur la liste noire de Libertas. Il ne franchira jamais la frontière sans votre accord.

— Vraiment ? C'est aussi simple que ça ? Une soirée ?

— Une seule. Mais vous devrez me promettre d'agir comme la reine qu'Andrew voit en vous. Vous danserez, vous vous amuserez, et vous éblouirez nos convives.

— Et vous voulez que j'honore la couche royale ? crache-t-elle.

Je hausse un sourcil, surpris par le franc-parler de cette jeune femme qui m'avait toujours paru si timide et effacée.

— La fin de la nuit n'appartiendra qu'à vous. Votre engagement se limite au bal sous les projecteurs de Libertas.

Elle me fixe, essayant sans aucun doute de lire en moi, et d'évaluer si je suis digne de confiance. J'affiche un visage de marbre, comme j'en ai le secret. Bonne chance pour me décrypter ! Après une trentaine de secondes, elle s'avoue vaincue :

— Soit. J'accepte. Comme si une soirée allait me convaincre et me faire changer d'avis sur cet affreux endroit !

Je tourne les talons avant qu'elle ne surprenne ma moue amusée. Je ne voudrais pas qu'elle croie que j'éprouve des sentiments. Mais je n'ai pu que noter la formulation quasi identique à celle d'Andy avec laquelle Marianne a consenti à ma proposition. Peut-être qu'après tout mon impossible compère et elle sont-ils destinés l'un à l'autre ? J'imagine que nous le saurons demain, j'évolue désormais à l'aveuglette, et je déteste ça.

Liberté, ou dépendance?

Paul – 21 juin (20 h 45)
Le lendemain

C'est elle! Aucun doute malgré le demi-masque qu'elle porte. Je déglutis, mal à l'aise. Mon intuition a été la bonne… Punaise! Je passe la main dans mes cheveux, désemparé. Surtout, ne pas péter un plomb. Je serre les poings à m'en faire blanchir les articulations.

Vautré dans le vieux canapé défoncé de mon salon, je me tortille, et pivote un peu, pour que l'écran du laptop soit tourné vers le mur au papier peint défraichi. Ben squatte chez nous depuis notre retour de Libertas, enfin de l'aéroport vu qu'on n'a pas pu entrer dans le pays.

Hors de question qu'il rentre chez lui! Pas envie qu'il fasse une connerie dans son studio! Au moins, ici, y a pas de drogues. Juste les médocs de ma mère qui sont sous clés. Autant pour Lola, ma petite sœur, que pour lui d'ailleurs.

Je jette un œil dans la direction de mon pote. Ben n'a pas noté mon manège. Il est immobile, le regard dans le vide, perché sur l'un des deux tabourets de la cuisine. Sa tête est tournée vers la télé dont le son est au minimum. De là à savoir s'il suit vraiment l'émission culinaire qui y passe…

Me forçant à ouvrir les mains, et à me détendre les doigts, je reviens à ce qui a fait naitre la rage en moi, sur mon écran d'ordi : le *live* de la chaîne Twitch officielle de Libertas. Ils *streament* depuis l'immense salle d'opéra qui occupe les étages dix à quinze du Liberty Hall.

J'ai l'impression de tout connaître sur cette île maudite, après avoir passé les trois derniers jours à lire les milliers d'articles et d'études qui existent à son propos. Impossible de trouver un foutu consensus ! Ses détracteurs sont aussi virulents que ses défenseurs. Une seule constante : Libertas ne laisse pas indifférent.

D'ailleurs, ça se confirme encore ce soir ! Les curieux affluent en masse. Déjà près de deux millions de *viewers* se rassemblent sur ce *live*, et le chiffre ne fait qu'augmenter. Les messages défilent sur le chat à une telle vitesse qu'un humain ne peut pas suivre. Des icônes bizarres. Des textes répétés… Foutus trolls ! Je masque le panneau. Rien à battre de ce que les gens racontent.

Ma salive reste bloquée dans ma bouche. Je me baisse pour attraper ma bouteille de Coca qui doit être à côté de moi. Je tâtonne avant de la trouver, incapable de quitter les yeux de l'écran. C'est à peine croyable ! La fiancée de Ben est en direct de Libertas. La première image d'elle en quatre jours.

Marianne virevolte au milieu d'un décor monochrome, fait de voilages et de plumes, au son d'un orchestre philharmonique. Elle-même porte du blanc, tout comme son cavalier, Andrew a priori, et le couple derrière eux, Nicolas sans aucun doute et une jeune femme inconnue. Les musiciens comme les invités sont vêtus de noir et anonymes. Autant de faire-valoir aux stars de la soirée qui éblouissent la piste de danse par leur grâce, leurs tenues, et leurs demi-masques qui ne cachent pas leurs sourires éclatants. Leurs identités ne sont pas bien difficiles à deviner pour qui les connait.

La bouteille de plastique craque entre mes mains. Je la repose sur la table basse avant que je ne fasse une connerie. Manquerait plus que j'asperge le seul ordi qui fonctionne dans cette baraque.

Marianne se pavane dans la robe de princesse de ses rêves. Celle-là même qu'elle m'avait décrite dans le bus qui nous avait emmenés à la boutique de mariage. Un doux espoir qu'elle avait bien vite oublié, douchée par les prix exorbitants affichés sur les étiquettes. Le modèle qu'elle devrait porter ce week-end ne tient pas la comparaison. Enfin, si elle nous revient. La housse risque de rester longtemps cachée derrière les dou-dounes d'hiver…

J'ai à nouveau super soif… Que deviendra notre quatuor sans elle ? Ce mariage inattendu nous a rap-prochés. Les futurs époux, bien sûr, mais aussi Lucie et moi qui avons pris notre rôle de témoins très à cœur. On forme. Ou, plutôt, on formait une drôle de famille dysfonctionnelle. Ben, l'ex-junky à fleur de peau. Ma-rianne, la jeune-vieille trop sérieuse. Lucie, la rentière délurée. Et moi, le bagarreur repenti.

Punaise… si elle porte cette robe, c'est qu'elle l'a choisie. Qu'elle participe volontairement à cette mascarade. Ou alors ce n'est qu'une coïncidence ? Qui croit aux coïncidences de nos jours ! À moins que les espions de Libertas ne soient juste bien renseignés ? Marianne avait peut-être noté quelque part ce dont elle désirait pour son grand jour ?

— Oh, elle est jolie la dame…

Lola, ma chipie de petite sœur, vient de débarquer derrière moi.

— Tu n'es pas couchée ?

La connerie de ma question me frappe au moment où elle sort de ma bouche. Si elle se trimballe en pyjama, au milieu du salon, l'évidence tend à prouver qu'elle ne roupille pas dans son plumard.

— Maman a toussé, ça m'a réveillée…

— Merde. J'ai rien entendu. Désolé.

— Elle a essayé de faire discret…

Elle hausse les épaules, comme pour me dire « pas grave, t'en fais pas ». J'ai arrêté de lui cacher la maladie de notre mère. Sa carte d'identité a beau indiquer sept ans, j'ai souvent l'impression d'avoir face à moi une femme miniature. Elle fera une adulte bien plus responsable que moi. Il n'empêche que parfois, son véritable âge réapparaît. Et ce soir est un de ces moments, quand elle se blottit contre moi, réussissant par je ne sais quelle magie à se glisser sur mes genoux, entre mon torse et l'ordinateur.

— T'as dit le gros mot qui commence par M…

— Oups.

— Oh… C'est ? me chuchote Lola.

Ma petite sœur a mis son doigt sur l'écran, y laissant une marque, et regarde en coin vers Ben, qui semble peu à peu émerger de sa transe. Il bat des paupières, et nous fixe. Son teint est blafard, et ses tatouages sombres contrastent encore plus que d'habitude avec ses bras décharnés.

— Marianne, finit-il d'une voix blanche.

Pas de question. Juste une affirmation. Ben sait. J'ai peur des prochains mots qui vont sortir de sa bouche, alors qu'il n'est pas compliqué de deviner le cours de ses pensées. Lui qui a toujours été défaitiste, à voir le verre à moitié vide.

— Elle ne rentrera pas, constate-t-il.

— Tu ne peux pas en être sûr.

— Vraiment ? Son message était très clair pourtant.

Il se lève. En quelques enjambées, il est derrière moi. Il étouffe un rire nerveux en l'observant danser sous le feu des projecteurs.

— Vraiment ? répète-t-il. Là-bas, ils peuvent lui offrir le monde. Moi, je n'ai rien. Je ne suis rien.

Sans autre grand discours, il tourne les talons et s'enfuit vers la porte. Je me lève, emportant tout à la fois l'ordinateur et Lola dans mes bras. Mes précieux colis reposés sur le canapé, je m'élance à travers le salon, dans une vaine tentative de rattraper Ben qui s'engouffre déjà dans la cage d'escalier.

— Tu ne devrais pas…. Je ne peux pas…

La porte coupe-feu retombe, et il disparaît de mon champ de vision. Désemparé, je me retourne vers Lola, et croise le visage fatigué de notre mère. Elle est en chemise de nuit, ses cheveux blond filasse collés sur son front par la transpiration. Seuls ses yeux restent volontaires, les mêmes que j'ai toujours connus.

— Vas- y, me dit-elle d'une voix plus forte que je n'attendais.

— On s'en sortira, me confirme Lola qui lui attrape la main.

Je regarde avec amour ces deux femmes, sans lesquelles j'aurais sans doute fini en prison, et je saute dans mes baskets. Inutile de m'étaler en remerciements, c'est pas mon style.

Je sais où Ben a filé. Sans surprise, il s'est réfugié sur le toit de l'abri de jardin des Martin, à deux rues de notre immeuble. On venait souvent là étant gosses, quand on voulait échapper aux adultes. Ben triture un sachet où se percutent des cachets blanchâtres légèrement phosphorescents à la lumière blafarde d'un lampadaire vieillissant.

Je m'assois à côté de lui, et remonte mes genoux sous mon menton. Il fait frisquet ce soir, j'aurais dû prendre un manteau. On reste silencieux un moment. Vingt minutes. Trente peut-être. Je m'occupe en observant la lune qui joue à cache-cache avec les nuages.

— Je dois faire quoi ?

Ben pose la question avec une telle innocence que c'en est déchirant.

— Commence par détruire cette merde. Ne gâche pas tout ce que tu as reconstruit grâce à elle.

— À quoi bon si elle ne rentre pas ?

Je tourne et retourne les façons de lui balancer cette vérité qu'il aurait dû entendre depuis longtemps. Mais je sèche. Alors j'opte pour la simplicité : l'honnêteté.

— Si tu l'aimes, montre-lui que tu n'es pas dépendant d'elle. Qu'elle ne doit pas se sacrifier pour que tu restes *clean*.

— C'est elle qui t'a soufflé ça ?

Cette fois, sa détresse transparaît dans sa voix qui monte vers les aigus.

— Lucie. À demi-mots. Elle est persuadée que Marianne se sent obligée de se marier avec toi, pour que tu ne replonges pas. Elle me l'a répété assez souvent. Elle pense que Marianne a une sorte de syndrome du sauveur.

— Tu crois qu'elle a raison ?

Là, l'idée de lui répondre me gêne trop. J'occupe mes mains sur les nœuds de mes chaussures, attendant qu'il passe au sujet suivant.

— C'est pour ça qu'elle reste à Libertas ? Elle me fuit ?

— Je suis pas dans sa tête. Elle a peut-être juste besoin de réfléchir. D'un peu de liberté. Tu dois vivre pour toi, Ben, pas pour elle. Prouve-lui que tu n'es pas dépendant. Si elle rentre, elle ne t'en aimera que plus. Et si au final, Lucie avait raison… alors tu mérites mieux.

— Je sais pas si…

— Je t'aiderai.

Après un long silence.

— Merci mec…

Mon regard est attiré par la poudre blanche qui s'échappe du petit sachet que Ben vient d'éventrer, après l'avoir serré dans sa main. Les oiseaux vont pouvoir se payer l'envolée de leur vie s'ils passent par-là !

Le modèle

Marianne – 22 juin (1 h 38)

L'ascenseur ultra moderne nous emmène en silence vers les hauteurs du Liberty Hall. Andrew est appuyé contre le miroir, la tête penchée en arrière, le regard rivé sur un point invisible du plafond. Nicolas se tient droit, les mains croisées dans son dos, presque au centre de la cabine. Il me fixe, le visage impassible, ignorant la fille un peu éméchée qu'il a trimballée toute la soirée, et qui s'accroche à lui pour ne pas chavirer.

Je ferme les yeux, essayant de rassembler mes pensées. Quelle nuit… étonnante. Entre deux danses, Andrew m'a présentée aux plus grands noms de la planète, qui ont bien vite ôté leurs masques dès les caméras éteintes. Jamais je n'aurais imaginé croiser autant de responsables de multinationales, de chefs d'état, de stars du cinéma ou de sportifs reconnus mondialement dans leurs disciplines. Et même des têtes couronnées ! Tous rassemblés pour jouir d'un instant de détente hors réseau. Libertas est surprenante de complexité.

À chacun, Andrew m'a présentée comme sa compagne. J'ai tiqué la première fois. Je m'apprêtais à râler, mécontente qu'il m'exhibe comme un bijou.

Quand j'ai compris. Je n'étais pas juste « une fille ». J'étais « sa compagne ». Sa façon de dire au monde que je compte et, en quelque sorte, de m'offrir une légitimité. Il me désignait comme sa reine.

Alors j'ai laissé couler. Je l'avoue, j'ai aimé voir cet intérêt s'éveiller dans les yeux de nos interlocuteurs à ce simple mot. Des gens que d'habitude je n'admire qu'à la télé ou dans les magazines. Observer tous ces puissants qui, soudain, me considèrent comme leur égale. Pour quelques heures, exit la banlieusarde fauchée, l'éternelle seconde qui passe après son frère, après sa meilleure amie, après son mec. Après tous ces gens que j'essaie d'aider, jour après jour, et qui s'enfoncent dans une misère contre laquelle je ne peux pas lutter.

Ce soir, j'étais la compagne d'Andrew, la reine de Libertas, la Marianne qui chuchote aux têtes dirigeantes de ce pays. J'ai tenu mon rôle, jusqu'à en oublier qui j'étais, et ça m'a fait un bien fou.

Mais là, dans le calme soudain de l'ascenseur, la réalité me revient. Dont, en premier, mes pieds qui me font mal. Je repense à Ben que j'ai abandonné à Paris, et à notre mariage qui se rapproche à grands pas. Je me remémore la promesse de Nicolas de me laisser partir si je participais à ce bal. Je revois ce qui m'attend à la maison. Le travail qui se sera accumulé sur mon bureau au Centre social, après une semaine d'absence. Cette facture du traiteur, dont je dois parler à mon père, car on n'arrivera jamais à la payer, et le lavabo de la salle de bain, qui recommence à fuir. Je me surprends à espérer que Ben s'en sera chargé, avant d'immédiatement déchanter, et me limiter à envisager qu'il aura au moins lancé une lessive. Surtout, qu'il n'aura pas craqué, et pris une de ces pilules qu'il cache au fond de son portefeuille. Comme si j'en ignorais la présence.

Je rouvre les yeux. L'ascenseur ne me paraît plus aussi rutilant, et Andrew a perdu son aura de prince charmant. Je me force à le revoir comme l'homme étrange qui m'a tenu des propos déplacés au bord de la piscine, alors que je suis presque une femme mariée. Mon attention glisse ensuite vers Nicolas, toujours si impassible. Et si beau ! Mais dont je devrais me méfier. Il cache le pire sous son physique d'Apollon. Je reviens à Andrew qui a arrêté sa contemplation du plafond et qui me sourit, passant la main dans ses cheveux gominés. Je n'avais jamais remarqué à quel point ses yeux étaient bleus. Je pourrais m'y perdre…

— Marianne, accepteriez-vous de monter…

Je l'interromps avant qu'il ne puisse terminer sa phrase et son indécente proposition. Hors de question que l'une de mes meilleures soirées se finisse ainsi gâchée par le souvenir d'un moment gênant !

— Non. J'avais prévenu. Mon engagement se limitait à cette unique soirée publique.

Andrew pince les lèvres, agacé. Il cherche ses mots. Je sens une infime tension du côté de Nicolas, qui n'en reste pas moins immobile. Les ignorant, je m'emploie à virer mes escarpins. Si mes pieds ne retrouvent pas immédiatement leur liberté, je vais hurler !

— Permettez-moi de m'expliquer, insiste Andrew après quelques secondes. Je ne sollicite qu'une petite heure. Deux peut-être. Cette soirée a été magique, et cette robe vous va à ravir. Je voudrais immortaliser l'instant, si vous acceptiez de poser pour moi.

Cette demande me prend au dépourvu. Je me redresse, une chaussure à la main, bancale et dans toute ma grâce. Andrew a raison, dans un sens. À défaut de photos, une peinture serait géniale…

Qu'est-ce que ça m'agace de me l'avouer !

Ma première réaction a été peut-être trop rapide ? Ou est-ce que ce n'est qu'un stratagème pour tenter un rapprochement ? Je suis partagée. Entre le besoin de retourner m'enfermer dans ma chambre, pour m'écrouler sur le lit et réfléchir sans pression à cette foutue situation. Ou celle de succomber aux envies de cette petite inconsciente qui s'est réveillée en moi et de prolonger le conte de fées. Je cherche l'approbation de Nicolas. Je ne m'en rends compte que quand Andrew ajoute :

— Il pourra se joindre à nous, bien sûr, et s'assurer que je ne porte aucune atteinte à votre honneur.

Le sarcasme d'Andrew m'empêche de savoir ce qu'il en pense. Cette proposition achève cependant de me décider.

— D'accord. Mais s'il vous plaît, que je sois assise ! Je ne vais pas pouvoir rester debout !

Son excitation est palpable :

— Vos désirs sont des ordres.

Il s'avance vers moi et, avec galanterie, il m'aide à ôter ma seconde chaussure. Jamais il ne retrousse ma jupe plus qu'il ne le devrait. Il ne fait qu'effleurer ma cheville pour défaire le talon. Lorsqu'il se redresse, il me tend l'inconfortable à la semelle rouge dans une petite révérence.

— Merci.

— Tout le plaisir est pour moi.

Il m'offre son bras. Je l'accepte une nouvelle fois, comme je l'ai si souvent fait ce soir. Nous arrivons, l'ascenseur s'ouvre sur le palier du dernier étage, face à deux portes sans numéro. Cinq Gardiens sont debout, interrompus en pleine partie de cartes.

Si j'avais dit non ? Je n'ai vu personne appuyer sur un quelconque bouton, et ma suite est deux niveaux en dessous. Je repousse l'insidieuse question à un moment d'introspection ultérieure, bien décidée à profiter de cette fin de la soirée que je m'accorde.

— Accompagnez mademoiselle jusqu'à sa chambre, ordonne Nicolas à l'un des Gardiens.

Ma chambre ? Ah, non, j'en avais oublié la bimbo qui collait Nicolas ! L'homme désigné prend en charge l'escorte, tandis que notre trio entre dans l'appartement de droite.

Les lumières s'allument automatiquement, découvrant un loft avec une magnifique vue sur l'île colorée

de millions de néons, et au-delà l'océan sombre, monochrome sous la lune pleine. Je m'approche de l'une des
baies vitrées pour profiter du panorama, retrouvant en
contrebas la piscine où Lucie et moi avons passé nos
derniers instants entre filles.

— Vous désirez vous baigner ?

Je me retourne, surprise par Nicolas. Il se tient à
moins d'un mètre de moi, un verre d'un quelconque
alcool à la main. Il a plié sa veste sur une chaise et
remonté les manches de sa chemise exposant ses bras
musclés.

— Après, peut-être, intervient Andrew.

Je me garde bien d'indiquer que j'allais répondre à
peu près la même chose. Si j'ôtais ma robe, jamais je
n'aurais le courage de la remettre. Sans parler de ma
coiffure qui serait ruinée. Des gens très compétents ont
passé beaucoup de temps à me rendre présentable, mais
je ne pense pas que tout ça soit très résistant à l'eau.

Nicolas opine en direction d'Andrew, ne cherchant
pas à argumenter. Il se poste à un large bureau, dans
un angle de l'immense pièce, restant à vue de l'espace
salon où Andrew est en train de positionner une toile
blanche sur un chevalet, juste devant l'écran plat.

— Où désirez-vous que je m'assoie ?

— Ce canapé vous conviendrait-il ? me propose
Andrew.

J'acquiesce, et me laisse tomber avec ravissement
dans les coussins de cuir, un meuble ancien magnifi-

quement rénové qui s'insère bien avec la modernité des lieux.

Les préparatifs qui s'ensuivent me montrent un autre aspect de la personnalité du cofondateur du pays. Pour la première fois, je découvre l'artiste, et non le dictateur, ou le fêtard. Ce faussaire de génie qui a bouleversé le monde de l'art par ses copies si parfaites que, si un avocat un peu trop bavard n'était pas allé moucharder, les musées n'auraient peut-être jamais découvert la supercherie.

Son perfectionnisme a quelque chose de charmant. Chaque étape a son importance, et je suis au centre de toutes ses attentions. Il m'apporte une bouteille d'eau, me trouve un oreiller pour caler mon dos et un support pour mes pieds. Comme rien ne convient dans le salon, il disparaît un moment dans ce qui semble être sa chambre, pour en revenir avec un petit marchepied adapté. Ce n'est qu'une fois que je suis bien installée qu'il s'emploie à arranger ma robe en une corolle autour de moi, toujours avec beaucoup de soin, et sans un seul geste déplacé.

Il nous met un opéra, choisissant parmi une large collection de vinyles, une œuvre dont j'ignore le titre. Les CDs, ou tout autre chose que de la musique classique, sont bien sûr bien trop communs pour le distingué Andrew.

Se pose ensuite la question de la lumière. Puis celle de l'angle... Il ne me dit pas grand-chose, juste un

« permettez-moi » ou « pourriez-vous regarder par ici ». Ses pensées semblent déjà l'avoir emmené bien loin. Nicolas n'intervient pas, concentré sur son travail. Parfois, je l'entends murmurer des mots. Sans doute est-il en contact avec ses hommes à travers l'île ? Le reste du temps, ce n'est que le cliquetis de son clavier, et le bruit du verre que l'on repose sur le bois.

Andrew commence à peindre avec passion. Moi, je me laisse bercer par la musique et la tranquillité de cet instant. Peu à peu, il se calme. Il me rappelle Ben, quand il succombait, et qu'il prenait une dose pour apaiser ses tourments. Pour Andrew, sa drogue, c'est la peinture, et chaque coup de pinceau est une délivrance. Est-ce que je l'aurais mal jugé ?

Je rouvre les yeux, au son de la douce voix d'Andrew qui murmure :

— Nick ? Est-ce que tu peux raccompagner Marianne ? Je vais finir sans elle.

— Bien sûr, répond Nicolas qui se lève.

Je m'étais assoupie ! Je me redresse avec difficulté, ankylosée après cette longue période d'immobilité. Je m'appuie sur Nicolas, la tête posée sur son épaule, son bras passé dans mon dos. Il insiste pour m'emmener jusqu'à ma chambre, et je ne proteste qu'à peine. Pour la forme.

Là, je ne sais pas pourquoi. Je suis épuisée. Je dois avoir une haleine de chacal après avoir dormi un peu.

Et puis flûte quoi, je suis presque mariée ! Mais il est penché sur moi, pour que je ne m'écrase pas dans mon lit, et j'ai une envie soudaine de l'embrasser. Avant que ma raison ne reprenne le dessus, voilà que je plaque mes lèvres sur les siennes. Il est si surpris qu'il ne me rend pas mon baiser et, au contraire, il me lâche. Je tombe sur les fesses, brisant l'étreinte. Je rebondis deux fois sur le matelas essayant de me stabiliser comme je peux de mes deux mains.

Nicolas m'observe, toujours aussi froid et insondable, ses poings serrés contre ses cuisses. Il avance légèrement ses épaules. Je pense qu'il va succomber, au moment où moi je commence à réaliser l'immense connerie que je suis en train de faire. Mais non. Il tourne les talons et, sans un mot, il me laisse seule dans ma chambre, avec mes doutes.

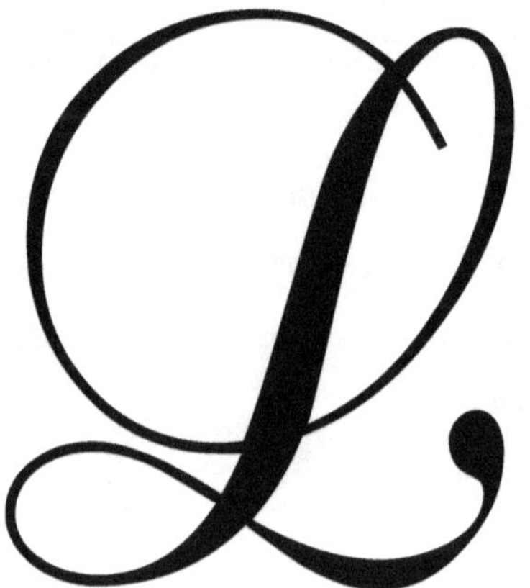

Liberté, ou avenir ?

Le réveil est difficile. Pas que mes cheveux poussent à l'envers, juste que l'habitude me manque de dormir aussi tard. À Paris, mon rythme est du style métro, boulot, dodo, à être couchée avant 22 h, et à me lever au plus tard à 6 h 30. Du coup, je suis la première étonnée à voir que l'après-midi débute quand j'émerge.

Ma première pensée va à « mariage » ! Dans vingt-quatre heures, je suis censée me présenter à la mairie de notre quartier pour dire oui à Ben. Ensuite, je réalise que j'ai dormi avec ma robe de bal, qui est dans un état catastrophique. Pour ne rien arranger, mon maquillage a coulé sur les coussins, et mon estomac crie famine.

Je décide de régler un problème après l'autre, en débutant avec le plus simple : me débarrasser de la tenue de princesse. Enfin, c'est ce que je pensais. Je ne sais pas si vous avez déjà porté ce genre de vêtements, la fermeture n'est pas très accessible. À force de me tortiller, je réussis à me libérer. Je fonce ensuite sous la douche, histoire de retrouver figure humaine.

Je commande un petit-déjeuner pantagruélique via l'écran connecté au *roomservice* du bâtiment. C'est la première fois que je l'utilise, car Lucie s'en chargeait avant et, durant le début de ma résidence forcée en ces lieux, je boudais sous la couette, et me contentais de manger ce qu'on m'apportait.

En attendant la nourriture, je visite le dressing attenant à ma chambre. J'opte pour quelque chose de mignon et confortable, une petite robe en lin bleu ciel, et ses sandalettes assorties.

Un léger coup à la porte me surprend. Un instant, je crains l'arrivée de Nicolas ou d'Andrew. Je n'ai pas encore réfléchi au plus important, et je ne me sens pas prête à leur faire face. Heureusement, ce n'est qu'un homme en noir, avec une table de service recouverte de viennoiseries.

J'ai peut-être un peu abusé lors de ma commande... Oh et puis tant pis ! J'en ai marre de m'excuser. Je me contente d'un « merci ». Sans lui laisser l'opportunité de rentrer, je lui prends le chariot des mains, et je lui fais bien comprendre que je vais m'occuper moi-même de la suite du dressage. Le Gardien n'insiste pas.

Je pousse le tout jusqu'à la table en verre de la terrasse, dans le coin d'ombre offert par le parasol. Ma vue est similaire à celle de l'appartement d'Andrew, avec juste deux étages de moins. Du coup, lui domine le casino, alors que moi je l'effleure à peine, ce qui m'empêche de profiter de l'immensité de l'océan. Le panorama n'a malgré tout rien de comparable avec celui que j'ai d'habitude au petit-déjeuner : des tours vieillissantes sur fond de grisaille parisienne.

Finalement, j'engloutis presque tous les croissants et les pains au chocolat (et ne me parlez pas de chocolatines!). Assez pour pouvoir passer au dernier point que je dois aborder avec moi-même ce matin. Enfin, cet après-midi. Que faire?

La raison me pousse à partir. On m'attend sur Paris. Ma famille. Mes amis. Mon fiancé. Et mes factures. Mes obligations. Mon travail. J'adore ce que j'accomplis au Centre social. Pourtant, même si je n'ai que deux années d'expérience, je me rends déjà compte que notre marge de manœuvre est limitée. Tôt ou tard, je vais finir comme mes collègues, désabusée ou déprimée. Voire les deux à la fois.

Ici... l'impensable est possible. Je pourrais aider et créer une fondation. Le pays accueille un grand nombre de visiteurs en perte de repères qui auraient besoin d'être accompagnés. Avec leur argent... leurs contacts...

Non. Il faut que j'arrête de rêver. Je dois revenir sur terre et penser sur le long terme, comme je l'ai toujours fait. Ne pas me laisser berner par de fausses promesses. Rester à Libertas, cela voudrait dire m'enchaîner au destin de Nicolas et d'Andrew. Pour le moment, je suis dans leurs bonnes grâces. Qu'en sera-t-il dans un an? Dans dix ans? Est-ce que même cette utopie existera dans une décennie, ou est-ce que ce statu quo étrange qui lui permet de prospérer hors des lois internationales explosera?

Si je ne peux pas me projeter dans l'avenir, alors Libertas n'est pas pour moi.

— Je dois rentrer à Paris.

Ma décision arrêtée, je me lève, et traverse le salon en quelques grandes enjambées. Arrivée à la porte, je me retourne et grave le souvenir de cet endroit que j'ai trop longtemps considéré comme une prison. J'en viens presque à regretter de ne pas avoir su considérer les bons côtés de Libertas dès le début, comme m'y incitait Lucie.

Si je reviens… Mais pourquoi si ? Rien ne m'empêche de profiter des prochaines vacances qui arrivent dans quelques mois. La situation se sera éclaircie avec Ben. Lucie adorera l'idée, et je pourrais toujours revoir Andrew et Nicolas. En tout bien, tout honneur, bien sûr.

Satisfaite de mon compromis, je passe la porte. Décidée. Un peu inquiète surtout. Je m'attends à être stoppée par un des hommes de Nicolas. Que vaut sa parole ?

Je prends l'ascenseur sans souci. Dans le hall, la patrouille ne réagit pas quand je la croise. Bien au contraire, les Gardiens me saluent avec déférence. Je leur rends leur signe de tête, pas bien rassurée, accélérant le rythme. Comme si ma liberté m'attendait au-delà des grandes baies vitrées.

Je sors du Liberty Hall dans la chaleur de la fin d'après-midi. Au-delà du cordon de sécurité de l'immeuble, la folie m'engloutit, et je disparais dans la foule des fêtards qui m'accueillent comme l'une des leurs sans réaliser que je viens à peine d'arriver. Je ne réussis à m'extraire que quand soudain, un vide se crée autour de moi. Ils sont là. Deux Gardiens me dominent de leur mètre quatre-vingt-dix.

— Je…

La musique et les cris couvrent ma voix. De toute façon, à quoi bon argumenter ? Je les suis vers un endroit un peu plus calme et là, contre toute attente, l'un d'eux me demande :

— Où désirez-vous vous rendre, Mademoiselle ?

— Euh… L'aéroport ?

L'homme hoche de la tête, et m'invite à le suivre. Les Gardiens m'emmènent en effet vers le bâtiment que je tentais d'atteindre ! Grâce à mon escorte, nous évitons les portails de sécurité classique, où les voyageurs sont soumis à un long processus de vérification et de fouille. Sous l'œil attentif de nombreux autres Gardiens, ils me conduisent par une petite porte discrète, vers une zone privée où mes objets personnels me sont rendus dans une valisette en cuir. Ils me proposent de me changer, ou de repartir avec la robe que j'ai sur moi et que je suis autorisée à emporter à titre exceptionnel. J'opte pour la seconde solution, acceptant volontiers le manteau qu'ils me fournissent.

— Les nuits sont froides sur le continent, m'explique-t-on. Vous allez perdre une dizaine de degrés. Votre place est réservée dans le prochain vol pour Paris, qui décolle à 18 h 45. Si vous voulez profiter d'un rafraichissement? Un salon de beauté et un coiffeur sont à votre disposition.

— Pourquoi pas?

J'ai presque deux heures à tuer. Autant m'avancer pour le *pomponnage* pré-mariage. À tout moment, je m'attends à voir l'un de mes geôliers apparaitre, et me ramener au Liberty Hall. Pendant que je décide enfin d'abandonner ma queue de cheval. Pendant qu'on me peint les ongles en lavande. Pendant que je déguste un cocktail.

Leurs sbires tournent autour de moi. Ils vont et viennent, escortant d'autres VIP qui profitent des derniers délices de Libertas. Je reconnais quelques invités du bal, qui me saluent discrètement, sans m'imposer leur présence. Ils semblent pour la plupart surpris de me voir, et pas certains de l'attitude à adopter. Pour ma part, je me contente de les ignorer.

Personne ne m'empêche de monter dans l'avion, et de m'installer dans le confortable fauteuil de la classe business qui m'a été réservé. Ce n'est que quand notre appareil s'élance sur la piste que je réalise que Nicolas a tenu sa promesse : je rentre à Paris.

Dans un soupir, je sors mon téléphone portable de ma poche. Dès que nous aurons atteint notre altitude de croisière, je préviendrai Lucie de mon retour, pour qu'elle vienne me chercher à l'aéroport. Ben voudra sans doute l'accompagner, ce qui obligera mon amie à passer chez nous. Mes parents doivent être morts d'inquiétude, ils risquent de débarquer, ce que je dois retarder, je n'ai pas le courage de les croiser ce soir. Sans oublier mon frère, qui a autant appelé qu'eux, durant les six jours où je me suis absentée.

Mais mon esprit est attiré par la lumière qui brille en haut du Liberty Hall. Andrew et Nicolas sont-ils en train de m'observer de leur tour d'ivoire ? Ils auraient dû me retenir… Peut-être.

Sans doute ?

Le mariage

Benjamin – 23 juin (15 h 11)
Le lendemain

Marianne est resplendissante dans sa robe fuseau. J'arrive pas à y croire ! Même si l'adjointe est en train de nous débiter le blabla qui concerne notre engagement en tant qu'époux. Même si nos familles sont réunies dans la mairie. Même si Paul a sorti les alliances de son veston.

J'arrive toujours pas à y croire !

Quand je pense que j'ai failli tout annuler ! Putain… ça s'est joué à pas grand-chose. C'est grâce à Paul et Lucie. Nos témoins m'ont conseillé la patience. La réservation pour la salle était déjà payée, et le traiteur ne pouvait pas rembourser l'avance à quelques jours de l'événement. Alors bon. On a attendu. Comme trois cons.

La semaine a été longue. Jeudi, j'ai failli craquer. Et puis vendredi soir, presque 19 h, Marianne m'appelle :

— Coucou Poussin, je rentre !

Ma première réaction est de croire à une mauvaise blague. Surtout que sa voix est différente. Mûre. Assurée. Je demande, bêtement :

— Marianne ?

— Qui d'autre ? Tu vas bien, Poussin ?

— Tu rentres ?

J'avoue que ma discussion a manqué de richesse.

— Je viens de te le dire ! Lucie propose de passer te chercher à la maison vers 21 h, si ça te va ?

Je tourne en boucle encore une ou deux fois avant d'arrêter de poser la même question. Elle abandonne le luxe de Libertas, les robes, les bals, les beaux gosses. Pour moi ?

Quand elle raccroche, j'attends une heure pour l'avouer à Paul et Lola, toujours pas bien convaincu. L'échéance approche, et je reste perplexe. Les choses se précipitent au moment où Lucie débarque à notre appart' et m'appelle pour m'engueuler car je ne descends pas. Dans mon trouble, j'ai oublié de rappeler aux filles que je crèche chez Paul. Heureusement, on n'habite pas si loin. Ça prend quand même un bon quart d'heure à la miss pour venir jusqu'à nous dans sa Tesla rubis.

Du coup, déjà qu'elle n'était pas en avance, fidèle à son habitude. Là, on est carrément à la bourre. Le trajet est un chapelet de jurons en tout genre. Contre les cons au volant. Contre les crétins de feux. Contre les imbéciles de piétons. Contre les vélos psychopathes. Avec Paul, on s'échange des regards gênés, n'osant rien dire pour ne pas nous attirer la foudre de la conductrice déchaînée.

Marianne, qui n'a dû pourtant atterrir qu'une dizaine de minutes avant, nous attend au niveau du dépose-minute, plus chic que d'habitude. Tellement chic que je manque de ne pas la reconnaître avec son bagage en cuir et son manteau mi-long de femme d'affaires.

C'est Lucie qui la repère, et qui se gare devant elle. Je redécouvre ma fiancée à la lumière des gros spots halogènes. Entre son carré plongeant dont pas une mèche ne dépasse, son air décidé, et son vernis à ongles, elle est métamorphosée. Où est passée ma Marianne sans chichis, aux cheveux en bataille, et aux hoodies trop larges ?

— T'es superbe, Poulette !

Lucie, qui a bondi de sa voiture à peine arrêtée, est bien la seule à trouver les mots. Elles se bisouillent, comme deux copines qui ne se sont pas vues depuis des mois.

Paul et moi, on est encore deux pas en arrière, en train de la dévisager, tels deux couillons mal dégrossis. C'est Marianne qui prend l'initiative. Elle écarte son amie, s'approche de moi, et m'embrasse, le plus naturellement du monde. Là, je commence à admettre l'incroyable : Marianne est de retour ! Le reste, ça n'a été qu'une course contre la montre pour finaliser ce mariage qui a bien failli ne jamais avoir lieu.

— Mademoiselle Marianne Élise Timber, consentez-vous à prendre pour époux Monsieur Benjamin Paillet ici présent ?

— Oui, je le veux.

— Et vous, Monsieur Benjamin Paillet, consentez-vous à prendre pour épouse Mademoiselle Marianne Élise Timber ici présente.

— Oui.

— Au nom de la loi, je déclare Monsieur Benjamin Paillet et Mademoiselle Marianne Élise Timber unis par le mariage. Vous pouvez embrasser la mariée !

Ce n'est qu'à cet instant que j'accepte la vérité : Marianne est revenue ! Pendant que l'élue parle de signatures et d'état civil, la réalité me frappe en plein visage. Marianne est rentrée !

Ma joie est de courte durée. Car à peine Marianne a-t-elle paraphé le registre, qu'elle éclate en sanglots. Un peu paumé, je la prends dans mes bras. Celle qui est désormais ma femme pleure, comme je ne l'avais jamais vu.

On se cache à l'écart. Ils me font chier les autres à lui demander si ça va. Si elle chiale, c'est que non. Faut pas être psy pour le deviner ! Elle se blottit contre moi de longues minutes.

Est-ce qu'elle regrette ? Est-ce que Lucie avait raison ? Comme à chaque fois, je commence à me faire un film. Est-ce que j'ai fait une connerie ? Oublié ? Dit ? Pensé ? Je serre dans mes bras cette âme que j'aime tant, et que je ne comprends pas. Et puis, comme les larmes sont arrivées sans prévenir, elles repartent aussi vite.

— On peut y aller, assure-t-elle.

Marianne ne m'explique rien, et m'emmène vers nos

invités. Mes questions se perdent dans ses sourires, et dans l'urgence de l'organisation, car le personnel de la mairie nous met la pression pour libérer les lieux. Le prochain couple est arrivé, et l'adjointe a un planning à suivre.

La noce est transférée vers la salle des fêtes louée pour l'occasion. Une fois sur place, on danse, on coupe le gâteau, et on danse encore. Pourtant, quelque chose cloche, entre les rires et la musique.

— Elle a changé, non ?

Sans réfléchir, je pose la question qui me taraude à Lucie, quand je m'éclipse un instant de mes obligations pour remplir mon verre dans un des gros saladiers de punch. On se retourne vers Marianne qui virevolte avec son frère, et illumine la piste de sa présence.

— Sans doute un peu, répond Lucie en haussant les épaules. Laisse-lui le temps. Ça a dû être terrible pour elle, pendant une semaine, toute seule.

— Elle t'a dit quelque chose ?

— Non, juste que rien de mal ne lui était arrivé. Et à toi ?

— Pareil.

Je sirote ma boisson, goûtant l'acidité du citron qui réapparaît derrière le velouté de l'alcool.

— Elle t'en parlera quand elle sera prête, me rassure Lucie.

— Je te jure que si ce gars a posé les mains sur elle !

Je vois rouge un instant. Mais ma colère redescend

aussitôt, car Marianne vient d'attirer l'attention en frappant l'un des verres du dos d'un couteau :

— Est-ce qu'il ne serait pas l'heure de la distribution des cadeaux ?

Lucie sautille en sa direction, excitée comme une puce. Je rejoins ma femme à une allure raisonnable, et le déballage débute. Au fur et à mesure de l'ouverture, je coche mentalement les cases de notre liste de mariage, déposée à Boulanger le mois dernier. Rien de bien passionnant, juste un bon lot d'appareils qui nous manquaient, côté électronique et électroménager.

Il ne reste bientôt que deux petits coffrets noirs, fermés d'un ruban doré, qui s'étaient perdus dans la masse. Les deux filles se regardent, étonnées. Elles savent quelque chose que j'ignore, et ça m'agace. Je me penche pour essayer de comprendre pourquoi ma belle épouse semble de nouveau au bord des larmes. Ce n'est que quand elle ouvre le premier et en sort un magnifique collier serti de pierres bleues, que ça me saute à la gueule. Ce truc vaut une fortune, et seules deux personnes au monde sont capables de lui offrir un tel présent.

— C'est de l'or blanc ? murmure une femme derrière moi.

— Ce sont des diamants, constate sa voisine.

— Ce ne serait pas du platine ? reprend la première.

Marianne est déjà en train de remplacer son tour de cou, un bibelot que je lui avais acheté lors de notre première rencontre, par ce bijou tape-à-l'œil... D'accord, le mien n'était que du plaqué argent... Mais ça me plaisait de la voir le porter en cette journée si spéciale.

Deux billets d'avion pour la Réunion sont dans le second coffret, avec des informations de location sur une villa, une voiture et des vouchers pour diverses activités, le tout pour une semaine, à partir de demain. Une simple carte est au fond de la boîte :

« Avec tous nos vœux de bonheur – A & N »

Et, en plus, ils signent !

— Hors de question...

J'emmerde ces connards de richards qui croient pouvoir acheter l'amour de Marianne ! Je me lève, embarquant dans ma précipitation une nappe, et je me barre dans le fracas d'une assiette brisée. Marianne me rattrape alors que je fais les cent pas devant la porte, une cigarette à la bouche.

— C'était quoi, ça ?

Son ton impérieux me stoppe net, la clope au bec. Jamais elle ne m'a parlé comme ça. Pas même quand j'ai replongé, juste après être sorti de désintox.

— Tu sais très bien pourquoi.

— Tu avais prévu mieux pour notre voyage de noces ?

— On en avait discuté... On pouvait pas.

— Et bien maintenant, on peut. Alors on va aller là-bas, on va s'amuser, et rien à foutre de qui nous a offert les billets, OK ?

— Mais…

— Pas de mais qui tienne. Toi. Moi. La Réunion. Demain. D'accord ?

Elle est comme une furie et, derrière elle, Lucie la dévisage avec autant de surprise que moi. Je murmure, dans un souffle :

— D'accord.

Elle opine du chef, satisfaite, et retourne vers nos invités, qu'elle s'empresse de rassurer avec une prestance toute nouvelle. Lucie s'extrait du paquet d'admiratrices qui se pâment devant sa parure, pour me rejoindre.

— Bon, OK, elle a changé. Je me demande bien ce qu'il s'est passé là-bas…

— Et moi donc.

Mais ce cadeau n'était que le début. Car, comme j'allais vite le réaliser, Marianne était loin d'en avoir fini avec Libertas.

Liberté, ou privilèges ?

Marianne – 23 juin (13 h)

Des intrusions de Nicolas et d'Andrew depuis mon retour de Libertas, l'épisode du tableau remporte la palme du rocambolesque. Pourtant, ils ont mis la barre haut, et n'ont cessé de tenter de m'agacer. Ou de m'impressionner. À débuter par ma robe de mariée…

Je suis seule, à l'appartement, Ben est resté chez Paul. Nous avons prévu de nous retrouver à la mairie. Hors de question qu'il me voie en premier. Au moins une tradition du mariage que nous respecterons.

J'attends Lucie, un jus de fruits à la main, perdue dans la contemplation de cet extérieur grisonnant auquel je vais devoir me réhabituer à travers la fenêtre étriquée de la cuisine.

La sonnerie de l'entrée me sort de ma rêverie. L'heure du micro-ondes est formelle. Il est 13 h.

— Tiens, tu serais à l'heure pour une fois ?

Trop persuadée que c'est Lucie, je ne vérifie pas avant d'ouvrir, d'où mon étonnement quand je découvre deux inconnus devant ma porte, qui paraissent bien trop habillés pour traîner dans mon couloir. Un grand ventripotent qui porte une housse à vêtement et un autre de taille moyenne et au gros nez en patate. C'est ce dernier qui me demande, d'une voix grave :

— Mademoiselle Timber ? Nous avons été mandatés pour vous apporter votre robe. Vous permettez ?

Malgré sa politesse, je ne m'écarte pas.

— Il doit y avoir une erreur…

Comme pour expliciter mes propos, je montre celle que j'ai sélectionnée avec Paul, et qui est posée sur le dossier du canapé du salon.

— Je ne crois pas, répond le type sans se démonter.

Aidé par son compagnon, il entrouvre la fermeture éclair et découvre le haut d'un fuseau en satin. Un modèle que je reconnais immédiatement, c'était mon second choix pour le bal, avant que je n'opte pour la tenue de princesse.

— OK, je comprends…

Même si j'essaie de passer pour la fille blasée, je bous à l'intérieur. D'agacement de constater que les beaux gosses de Libertas s'immiscent dans ma vie. De joie aussi, à admirer cette merveille. Ajouté à une pointe d'atterrement. Comment diable ont-ils réussi à sortir le vêtement de Libertas, et à trouver des gens pour me l'apporter en quelques heures ? Et puis d'ailleurs, comment savaient-ils pour ce rendez-vous de 13 h ?

— Vous permettez, répète l'homme. Il risque d'y avoir quelques ajustements à faire, nous devrions nous y mettre sans tarder.

Il me montre à ses pieds une mallette, que je n'avais

pas vue. Car, bien sûr, ce ne sont pas de simples li-vreurs. L'un se révèle être un couturier, et le second un coiffeur. Sans doute des pointures dans leurs domaines connaissant les commanditaires.

Lucie daigne arriver un bon quart d'heure en retard. Elle accepte sans broncher la présence de mes prépara-teurs impromptus. De son point de vue de petite fille gâtée, rien d'anormal à embaucher les meilleurs pour briller le jour de son mariage.

Paul est le seul à noter la différence. C'est lui qui m'avait accompagnée pour choisir ma robe dans la boutique. Le meilleur ami de Ben a une nouvelle fois démontré la sensibilité qu'il cache sous son apparence de voyou. Il se contente de me glisser, au moment où nous signons les papiers sur l'état civil :

— Tu méritais un mariage de rêve, princesse.

J'en ai chialé à ne plus réussir à m'arrêter pendant dix minutes.

Marianne – 21 octobre (17 h 09)
Quatre mois plus tard

Paul n'en a jamais parlé à Ben. Ce dernier n'a pas non plus su pour les fleurs que je reçois tous les lundis à mon bureau, ou les repas qui me sont livrés les midis, quand je n'ai pas le temps de sortir manger. Il ignore que je ne prends plus le métro, ayant eu la surprise de voir une berline avec chauffeur m'attendre en bas de chez nous, dès le premier jour où je suis retournée travailler.

Il m'entend vanter les prouesses de mon assistante, mais je ne lui ai pas expliqué qu'Anaïs est surqualifiée, et que je me demande ce qu'on a bien pu lui promettre pour qu'elle accepte de bosser pour nous, à ce salaire de misère.

Ce sont des miracles au quotidien : des financements qui nous sont accordés, des autorisations qui sont validées en quelques jours, des fournisseurs qui reçoivent du stock impromptu, ou le traiteur de notre mariage, qui a été payé par la magie de mes bienfaiteurs.

Je me doute que mon cher mari n'est pas dupe, bien sûr. Difficile de croire à une coïncidence quand on s'est vu attribuer un logement dans ce programme immobilier à loyer modéré du village voisin, de petites maisons individuelles toutes mignonnes, qui n'ont rien de comparable avec les tours dans lesquelles nous avons grandi. Si encore nous avions postulé, ça aurait été moins louche. La famille de Paul a, comme par hasard, aussi été choisie. D'ailleurs, sa mère a profité de ces largesses. Madame Adler a pu rejoindre un protocole clinique ultra-sélectif, et son état s'améliore de jour en jour. Pareil, sans aucune candidature dont elle se souvienne.

La dotation reçue par le Centre social, suivie de ma promotion, en charge du nouveau projet des maisons d'accueil, ne sont pas non plus passées inaperçues. Mais avec ce tableau, on atteint un autre niveau.

Nous sommes un samedi en fin d'après-midi. Ben se prépare pour le service du soir. Car oui, à la liste des aubaines inespérées, il a trouvé un travail dans un restaurant à proximité où, sans aucune expérience, il a été embauché comme commis de cuisine, en même temps que Paul qui, lui, bosse en salle, les deux avec un excellent salaire. Le seul hic : nos horaires sont décalés. C'est simple, la semaine, nous nous ratons parfois des journées entières. Je dors quand il rentre après son service, et lui au moment où je pars le matin.

Enfin, bref, il est sous la douche, et j'entends la fin de ses envolées lyriques. Je finis de repasser dans le salon en regardant un film à la télé. Ce jour-là, je suis tombée par hasard sur une rediffusion de *Twilight*, et j'ai succombé à la nostalgie. Le premier volet des aventures d'Edward et de Bella se termine, à peine un début de générique, et les publicités s'enchaînent. Comme je suis sur une chemise un peu chiante, je ne zappe pas, le programme se déroule. Et…

« Flash info, annonce la présentatrice.
Un Manet a été redécouvert ! »

Je jette un œil inattentif vers l'œuvre, qui apparaît en gros plan dans un encart sur la gauche de la rouquine, et je manque de me cramer sur mon fer à repasser. C'est moi, dans ma robe de bal, sur le canapé d'Andrew.

Le style est remarquable, Andrew a su capturer une beauté que j'ignorais posséder. À la télé, la nana du JT continue son pitch :

« Trouvé au début de l'été dans le grenier d'une maison de la région parisienne, à Bougival, le tableau est resté pendant un siècle dans une housse, bien protégé des attaques du temps. Après un long examen par les plus grands experts mondiaux, les avis concordent : c'est bien une œuvre du maître. D'après certaines lettres, Manet aurait peint Berthe Morisot, son modèle préféré, environ douze fois. Mais onze tableaux sont référencés. Quid du douzième ? Les spécialistes en sont persuadés : on a affaire ici à ce tableau égaré. Peut-être mis à l'écart au moment où Berthe Morisot épousa Eugène Manet, le frère du célèbre peintre. Ou soigneusement rangé, puis oublié… La toile a subi une légère restauration, afin de lui rendre son éclat, et sera exposée à partir du mois prochain au Louvre. Les propriétaires, qui ont tenu à rester anonymes, en ont fait don au musée. »

— Elle te ressemble…

Je me retourne vers Ben, qui observe l'écran, torse nu. Malgré ce que je lui prépare à manger, il paraît toujours aussi maigre, ses os saillants sous sa peau blanche.

— Ce tableau a au moins cent cinquante ans !

— Mouais…

J'ignore pourquoi je lui mens, car je sais très bien qu'il a regardé le début du bal retransmis en ligne. Paul l'a évoqué, lors de l'une de ses tentatives pour que je leur raconte ce que j'ai vécu à Libertas. Mais je n'ai rien dit. Même si je n'ai rien à me reprocher, en parler rendrait ce rêve éveillé réel. Lucie le disait : « ce qui se passe à Libertas, reste à Libertas ».

Comme si ça ne suffisait pas, Ben, qui entre temps s'est habillé, revient, les clés de sa voiture à la main, un courrier dans l'autre.

— Y avait ça sous la porte…

Il jette sur la planche une enveloppe noire, où mon prénom est calligraphié en lettres d'or.

— À ce soir…

Il tourne le dos, la mâchoire serrée, les poings fermés. Je ne tente pas de le retenir. Autant éviter une énième confrontation sur le sujet épineux de Libertas. À l'intérieur, une invitation pour deux personnes afin d'assister au dévoilement en avant-première du tableau qui se déroulera le week-end prochain.

Je passe la semaine à me demander avec qui y aller. Ben n'aime pas les soirées guindées, et nul doute que le public d'un tel événement n'est pas du genre décontracté. Sans compter qu'il va me saouler avec Nicolas et Andrew, et que je n'ai pas le courage de gérer un esclandre. Paul s'intéresse beaucoup à l'art, il va râler de manquer cette opportunité. Mais j'ai envie d'y aller avec Lucie.

Nous nous sommes un peu éloignées récemment.

Elle a débuté une licence en management international et ça semble lui plaire. Est-ce qu'elle aurait enfin trouvé sa voie ? Dur à dire avec elle qui enchaîne les diplômes en tout et n'importe quoi depuis sept ans. En règle générale, elle commence à pester au bout de deux semaines, et à rater la majorité de ses cours avant la fin septembre. Je crois aussi qu'elle continue à s'en vouloir pour Libertas. Ce n'est pas pour rien qu'elle a disparu cet été dans la villa de ses parents, je ne sais trop où en Floride.

Le jeudi soir, je me décide. Je lui parle d'un vernissage, et lui demande de venir me chercher à la maison sans d'autres détails que l'heure. Je n'ai toujours pas le permis. Vu que le « métro » m'emmène en semaine, j'ai poussé Ben à le passer en premier quand nos finances se sont améliorées. Rendez-vous est donné au samedi…

Marianne – 28 octobre (20 h 09)
Une semaine plus tard

— Comment ça va, Poulette ?

Dès que je me glisse sur le siège passager de sa Tesla, elle me plaque deux bises sonnantes sur les joues, avec son entrain habituel.

— Plutôt bien.

— Ça a l'air ! Le mariage te réussit. J'avais peut-être tort. En fait, c'est ce dont tu avais besoin.

Je lui souris, comme si j'approuvais ses dires. Si elle

savait qui a amélioré mon quotidien. Alors certes, Ben semble avoir fait la paix avec ses démons et, pour le peu que nous nous croisons, nous ne nous détestons pas. Cependant, mon mariage est loin d'être une réussite... Je passe la langue sur mes lèvres, repensant à ce baiser échangé avec Nicolas. Mes fantasmes superposent le regard azur d'Andrew à cette scène où il n'était pourtant pas présent.

— Pourquoi ce vernissage ? Comment ça se fait que t'es invitée ?

Comme je n'ai pas envie d'expliquer maintenant, surtout que ça m'obligera à déballer l'intégralité de l'histoire, je me contente de la faire lanterner :

— Mystère, tu verras sur place !

— Genre, c'est quoi ce *tease* ?

— Promis, dès qu'on arrive, tu comprendras avec le tableau.

Elle fera bien vite le rapprochement. Enfin, j'espère quand même que ma présence ne remettra pas la paternité de l'œuvre en question. J'avoue que je suis plutôt fière d'être exposée dans un endroit si prestigieux, ce serait dommage que la supercherie ne dure pas. Malgré ses tentatives, y compris de corruption, je ne lâche pas un mot.

— Je ne sais pas si j'adore, ou si je déteste la nouvelle Marianne !

— Je n'ai pas tant changé que ça.

— Tu rigoles ? Avant tout ça, tu ne me tenais jamais

tête. Tu serais déjà en train de t'excuser. Et puis tu ne porterais pas ça !

Je détaille ma tenue, à débuter par mes bottines, remontant le long du pantalon de ma combinaison noire, le haut ajusté, jusqu'au décolleté, qui disparaît sous un poncho gris chiné.

— Ce n'est pas joli ?

— Au contraire ! J'adore !

— Tu n'es pas mal non plus !

Et c'est vrai que, pour une fois, je ne dénote pas à son côté, même si elle a sorti le grand jeu, dans une robe de cocktail rouge carmin, presque assortie à la couleur de sa voiture.

Nous discutons peu une fois dans la capitale, le trafic est dense, et Lucie a besoin de sa concentration pour nous mener à bon port jusqu'au parking.

Quelques escalators, un moment d'errance dans des couloirs entre les visiteurs, et nous arrivons à la galerie privatisée pour l'occasion. Deux hommes en costumes sombres nous arrêtent à l'entrée, et il faut montrer patte blanche, invitation à l'appui, pour accéder à l'exposition.

À l'intérieur, la lumière a été baissée au minimum, avec des projecteurs qui créent des bulles autour des vitrines, où sont rassemblés divers objets qui seraient en lien avec le tableau. La pièce maîtresse de l'exposition trône au centre du dispositif, dans une sorte d'écrin aux pans de velours noir. Lucie est hypnotisée par l'œuvre, que je découvre moi-même en vrai pour la première fois. Cette fameuse toile qu'Andrew a peinte pour immortaliser cette nuit où j'ai été une reine.

— Oh mince alors, murmure Lucie.

Elle me regarde, revient à cette version améliorée de moi-même qui resplendit dans sa robe de bal, et elle répète :

— Oh la la la la…

Elle m'agrippe par le haut du bras, et m'emmène dans une zone sombre. Elle se plante face à moi, les deux mains sur les hanches, les sourcils froncés.

— Maintenant. Je veux savoir. Le moindre détail. Immédiatement !

Je m'exécute, bien sûr. Pour la première fois, je raconte mon histoire, ces sept jours qui ont chamboulé ma vie et mes croyances. J'ai assez réfléchi pour pouvoir expliquer ce que j'ai vécu. Ce lieu à l'ambiance si spéciale m'aide aussi à dépasser mon blocage. Ici, dans cette exposition pensée par Andrew, le rêve reprend en quelque sorte forme. Je débute par la manipulation de Nicolas, le choix que j'ai fait de rester pour la sécurité de Benjamin, jusqu'au compromis de cette soirée, et mon retour le lendemain.

— Donc… c'est toi ?

— Oui.

— Et Andrew en est l'auteur… Pourquoi l'exposer ?

— À ton avis ?

Je lui montre quelques vers, qui ont été écrits en lettre d'or, juste derrière le tableau.

Je t'adore à l'égal de la voûte nocturne,
Ô vase de tristesse, ô grande taciturne,
Et t'aime d'autant plus, belle, que tu me fuis.

Même s'ils sont tirés de Baudelaire, *les Fleurs du mal* indique une note en italique en dessous, le message est on ne peut plus clair. J'ajoute à l'attention de Lucie, autant que pour moi-même.

— Je pense qu'il est temps que j'aie une discussion avec ces messieurs !

Le retour

— Je veux leur parler.

Mon chauffeur, qui dit s'appeler Bob, permettez-moi d'en douter, tente de se dépêtrer de la situation en niant.

— À qui donc, Madame ?

Je soupire, agacée qu'il me prenne pour une idiote.

— Écoutez, je sais très bien qui vous paie, et cela m'étonnerait beaucoup que vous n'ayez aucun lien avec Libertas.

— Je ne vois…

— Laissez-moi finir. Vous n'êtes peut-être pas un des leurs, mais vous vous habillez comme les Gardiens, si ce n'est l'absence d'oreillette. Vous êtes plusieurs à rôder autour de la maison, et à vous relayer sous les lunettes de Bob. Je présume que vos attributions vont au-delà de la simple mission de taxi, même si j'ignore contre quoi vous pensez devoir me protéger. Honnêtement, je m'en contrefiche, tant que ça reste de l'ordre du privé. Vous passez votre temps à ce que vous voulez. Mais les choses commencent à prendre de l'ampleur… et ça m'inquiète. Alors vous allez utiliser votre téléphone, votre ordinateur, ou votre putain de fax, et contacter vos employeurs car je dois leur parler. Aujourd'hui.

Il me fixe par-dessus ses lunettes de soleil, grâce au rétroviseur intérieur de la berline. Pour bien lui démontrer que je ne compte pas quitter sa voiture tant qu'il n'aura pas appelé Nicolas, et ça même si nous sommes garés en bas du Centre social, je croise les bras. Après y avoir réfléchi tout mon dimanche, acculer le chauffeur me paraît être la meilleure approche pour entrer en contact avec ces foutus dictateurs qui ont décidé de s'immiscer dans ma vie… et mon cœur.

Dans un second temps, si cette piste échoue, je tenterai du côté d'Anaïs. Mon assistante est sans doute aussi liée à Libertas, de près ou de loin. Bien que les contacts entre l'île et l'extérieur soient réduits au strict minimum. C'est la base de leur pays coupé du monde, et de leur beau plan d'évasion aux lois internationales. Mais, je l'ai bien remarqué récemment, l'influence de Libertas s'étend bien au-delà de son territoire, et cela m'étonnerait beaucoup que mes petits miracles se soient accomplis sans aucune supervision de la part de Nicolas ou d'Andrew, même ponctuelle.

Le chauffeur fronce les sourcils, et prend son téléphone.

— Je dois contacter mon responsable, se justifie-t-il.

— Au Bob en chef ?

Il étouffe un rire nerveux.

— On va dire ça.

Il semble mal à l'aise quand son correspondant répond. Il a raison de l'être, car le haut-parleur est assez fort pour que j'entende leur conversation.

— Elle veut parler à nos employeurs, explique mon Bob.

— Il se doutait que ça arriverait. On suit le protocole mis en place. Vu l'heure, lieu C.

— Très bien. ETA dix minutes.

— Il vous contactera dès que possible.

Mon Bob reprend ensuite, à mon intention :

— J'espère que vous n'avez pas pris votre petit déjeuner. Il nous appellera d'une sorte de resto.

— Je ne suis jamais contre un gâteau.

Il hoche la tête, satisfait, alors qu'il redémarre la voiture et s'insère dans la circulation. Sur le chemin, je préviens mon assistante, pour qu'elle décale mes rendez-vous de la matinée.

— Merci beaucoup, Anaïs ! Et si vous pouviez intervenir auprès de l'entrepreneur pour qu'il corrige vite fait le bug des fenêtres ! Nous ne pouvons pas accepter la livraison dans cet état !

Elle m'annonce avoir planifié un meeting sur place en début d'après-midi, j'ai bon espoir d'être de retour à temps.

Bob nous conduit jusqu'à un petit établissement devant lequel j'étais passée sans pour autant y être entrée. L'intérieur est rose et bleu pastel, curieux mélange entre un salon de thé et une librairie.

— Je vais vous attendre à l'angle de la rue. Je serais…
hum… déplacé dans un tel lieu.

Il est vrai qu'autant que je puisse en juger des
quelques tables que je vois à travers la devanture, la
clientèle semble être exclusivement féminine, plutôt
dans le genre bohème. Pas du tout le style ex-militaire
corporatiste.

— Soyez patiente. Il attendra au minimum une demi-heure, pour ne pas attirer l'attention. Restez un peu
après la communication. Je reviendrai vous chercher
devant l'arrêt de bus, là-bas.

Il me montre notre point de rendez-vous, juste de
l'autre côté du carrefour. J'approuve, et sors de la voiture. Je l'observe partir, perplexe devant ce dispositif
de sécurité.

Dès la porte passée, je me sens rassérénée par l'ambiance cosy, créée par les petites tables et les coussins
moelleux. J'opte pour un fauteuil dans le fond de la
pièce, qui a l'avantage d'être sans voisins. Une jeune
fille, sans doute à peine majeure, m'accueille :

— Bienvenue chez Book & Thé, vous connaissez le
concept ?

— Merci, c'est mignon ici. Éclairez-moi ! C'est ma
première visite.

Elle m'explique que je peux lire autant de livres sur
place que je le désire, tant que je consomme à un rythme
raisonnable. Si je veux en emporter un, c'est cinq euros,
ou alors j'effectue un échange, et en apporte un. Je me

commande un chocolat chaud et une crêpe au sucre, et vais découvrir les trésors cachés dans les étagères qui couvrent chaque pan libre des murs.

J'en suis à la page quarante-quatre de ma romance de Noël, quand la jeune serveuse revient :

— Excusez-moi. Un monsieur désire vous parler.

Je feins d'être étonnée, en prenant le combiné qu'elle me tend.

— Oh, que je suis sotte. Je crois que j'ai oublié mon portable ! Oui ?

— *Hello.*

Je frémis en entendant la voix rauque de Nicolas. Je le connais à peine, et pourtant je l'imagine sans mal derrière ses écrans, dans l'obscurité de son bureau. Il aura ôté sa veste, qui doit être pliée sur l'un des canapés. Il est encore tôt, il n'aura pas bu d'alcool. Plutôt un café serré, le deuxième ou troisième de la journée, servi dans une tasse raffinée, sur un carré de cuir pour éviter les marques.

— Bonjour N….

— Pas de noms, s'il vous plait.

Je soupire.

— Nous devons être prudents, ajoute-t-il.

Est-ce que ce serait une certaine lassitude que je perçois chez lui, toujours si impassible ? Je n'hésite pas, et lui pose cette question qui me taraude depuis des mois :

— Pourquoi est-ce que vous faites tout ça ?

— Car nous le pouvons.

— Le tableau. Vous êtes allés trop loin. Quelqu'un aurait pu me reconnaître.

— Aucun risque. Même si des personnes faisaient le lien, avouer qu'ils avaient été floués entacherait la réputation de trop de gens désormais. Ils s'abstiendraient de confirmer et continueraient d'exposer la copie dans leurs galeries qui en sont bourrées.

— Et pourquoi est-ce que vous m'aidez ? Je m'attendais à ce que vous me rendiez la vie impossible. Que vous poussiez Ben dans ses démons. Que vous me montriez que j'ai eu tort de revenir à la réalité.

— Vous auriez préféré ?

— Bien sûr que non. Juste… Je ne comprends pas. Je vous suis très reconnaissante. Pour tout. Le boulot. La maison. La mère de Paul. Mais c'est trop. Vous devez arrêter.

— Non.

J'attends qu'il ajoute quelque chose. Comme rien ne vient, je demande :

— Comment ça ?

— Nous ne comptons pas arrêter. Vous méritez le meilleur, Marianne. Ici, ou ailleurs. Maintenant, vous m'excuserez, cette discussion n'a que trop duré pour notre sécurité respective. Je vais devoir vous souhaiter une excellente journée.

— S'il vous plait… nous n'avons fait que commencer.

— Si vous désirez poursuivre notre discussion, vous savez où me trouver. Un avion part dans trente minutes d'Orly, un siège vous sera réservé. À bientôt.

Et, sans me laisser l'occasion de répondre, il raccroche. Abasourdie par la direction que notre échange a prise, je reste figée avec le combiné en main, à fixer ma tasse vide, et les traces de cacao sur la porcelaine.

Quelle assurance. Cette façon de tout contrôler. J'ignore si je dois le détester ou l'admirer. Mon appel avait comme unique but d'obtenir des explications, et Nicolas a renversé la situation. Résultat, mes questions sont toujours là, et il m'a donné l'envie irrépressible de m'envoler vers Libertas.

Je repousse cette échéance depuis trop longtemps. Je le sais bien. Notre baiser reste en suspens, et tant de non-dits. Mais retourner là-bas, c'est prendre un gros risque. Comment être sûre que je pourrai repartir ? Si Nicolas ou Andrew changeait d'avis ? Et même si mon escapade se passe bien, ce serait un autre mensonge qui m'éloignerait de Ben…

Je tourne et retourne les pages de ma romance sans les lire, en caressant le papier légèrement brillant, et doux au toucher. J'en ai envie… Oh, et puis merde ! Au diable la sécurité ! Au diable les plans ! Ma vie a depuis longtemps débordé de mes beaux tableaux Excel et de mes projections à cinq, dix et vingt ans.

Comme je vais avoir besoin de lecture pour les heures qui viennent, je passe par la caisse pour acheter mon livre, avant de sortir dans la fraicheur de l'automne parisien. Le contraste avec l'intérieur tout chaud et douillet me réveille, et me renforce dans ma décision. Je dois quitter ma zone de confort.

En attendant mon chauffeur, je rappelle mon assistante.

— Anaïs, désolée, je ne vais pas pouvoir travailler aujourd'hui. Mais je devrais être là demain.

— Pas de souci, Marianne. Si tu veux, tu peux prendre ta semaine. Tu as bien besoin de congés.

Je tique un peu à la remarque. Est-ce que son implication irait au-delà de ce que je soupçonne ? Ou n'est-ce qu'une proposition de pure amitié sans aucun sous-entendu ? Je décide de ne pas relever, et de réagir en toute innocence :

— Ça marche, je te tiens au courant si ça se prolongeait. Allez, à plus !

J'écourte, car j'avise la berline qui se range devant moi. Avant même de boucler ma ceinture, j'annonce :

— À l'aéroport.

Bob hoche la tête et démarre en trombe. Sur le chemin, j'envoie un SMS à Ben pour lui dire que je vais rentrer tard et qu'il ne s'inquiète pas. De toute façon, tant que je suis à la maison avant 23 h, il ne remarquera rien.

L'embarquement est accéléré, je n'ai aucun bagage et mon enregistrement a déjà été effectué. Une voiturette m'emmène en *speed* vers l'avion qui m'attend.

Le personnel de bord m'accueille sans se permettre de réflexion sur mon retard. Du côté des passagers, quelques mécontents me dévisagent. Heureusement, je suis en *business class,* sur le devant de l'appareil. Je n'ai pas à subir trop de regards réprobateurs avant de m'asseoir et de les oublier.

Le voyage de deux heures m'offre juste le temps nécessaire pour terminer mon livre en sirotant un cocktail sans alcool. La descente semble par contre durer une éternité, et je me sens excitée comme jamais quand enfin j'aperçois le Liberty Hall qui se découpe sur l'horizon chargé de nuages. Revoir cette tour me donne l'étrange impression de rentrer chez moi.

Dès que l'avion s'immobilise, et que l'indicateur des ceintures s'éteint, je suis debout, et la première à sortir. Cette fois, je marche d'un bon pas dans les allées impersonnelles de l'aéroport, accélérant grâce aux trottoirs automatiques, sans accorder un regard aux panneaux d'avertissements qui tapissent les murs.

C'est l'heure de pointe aux douanes. Ça parle italien, allemand et anglais, avec quelques autres langues que je ne reconnais pas. Choisissant une file qui paraît courte, même si je sais que, comme toujours, ce sera la pire, je m'apprête à prendre mon mal en patience quand un employé vient à ma rencontre. Grand et décontracté, il arbore un gilet orange vif qui met en valeur ses yeux pétillants et son sourire affable.

— Madame, si vous voulez bien me suivre ?

Il n'a pas le profil habituel des gars en noir de Nicolas, mais je me doute bien qui est derrière ce passe-droit.

L'employé m'emmène vers l'un des postes-frontières qui s'ouvre devant nous. J'entends encore des râleurs qui s'agacent, que je choisis de nouveau d'ignorer, non pas comme je l'aurais fait autrefois en fixant mes chaussures, mais la tête haute.

— J'aurais juste besoin de votre signature sur la décharge, je présume qu'il est inutile que je vous explique ?

Je m'empare de la tablette, et je fais défiler le document légal jusqu'à la fin sans le lire.

— En effet. Ma montre, et ce sera bien, merci.

Il acquiesce, me tendant un modèle plus fin que celui de mon précédent séjour. Sans doute la version de luxe ? Je la passe, vérifiant les réglages, pour éviter toute incompréhension ou moment gênant avec une belle rousse.

— Votre dossier m'indique que vous êtes exemptée de contrôle. Donc euh. Je bosse ici que depuis un an, vous êtes la première. A priori, vous pouvez garder vos objets personnels. Si vous le désirez.

— Mes habits et mes bijoux, je vous laisse le téléphone et mes papiers. Je ne voudrais pas qu'on me les vole, et je ne tiens pas être dérangée.

Ma réponse semble le rassurer. Il m'accompagne dans un petit vestiaire, où il me présente une pochette. J'y glisse mon sac, et le contenu de mes poches, et la lui rends. Je le remercie pour sa prévenance, avant de passer sans un regard en arrière la porte rouge.

Nicolas m'attend, les mains derrière le dos, planté

entre quatre Gardiens dans le hall des arrivées. Mon cœur s'emballe, et mon corps s'enflamme, en redécouvrant cet homme que j'ai vainement tenté d'oublier et qui m'attire comme un aimant.

17

Liberté, ou libre arbitre?

Marianne marche la tête haute, ne détournant pas le regard. Elle a décidé de garder son ensemble tailleur-pantalon écru qu'elle portait à sa montée à bord de l'avion. Elle accepte son statut de VIP.

Enfin!

Je savais qu'elle avait commencé à changer. Ça transparaissait dans les rapports qui me sont envoyés quotidiennement. Ça se voyait aussi à sa façon de s'habiller et de se mouvoir, dans les vidéos issues de son équipe de surveillance. Mais là, c'est flagrant. Je ne peux étouffer le sentiment de fierté qui me submerge. Marianne s'est affranchie de ses peurs, et elle est devenue une meilleure version d'elle-même.

Il est toujours amusant de constater comment les chemins que l'on emprunte ne tiennent parfois qu'à un détail. Il aurait suffi d'un minuscule changement. Qu'Emily décide de se complaire dans sa déchéance une journée supplémentaire. Qu'Andy préfère profiter d'un moment sans compagne. Que Lucie soit un peu moins entreprenante. Que Marianne se rende compte du mauvais paramétrage de sa montre. Que j'effectue quelques recherches préliminaires. Que les filles se rendent ailleurs pour le week-end. Marianne serait restée petite, médiocre, perdue dans la masse.

— Nicolas.

— *Hello* Marianne.

J'entre dans son jeu. Je me contente de m'incliner et garde mes distances, même si je brûle de l'étreindre et de prendre ma revanche sur ce baiser gâché.

Nous sortons sous le timide soleil du début d'après-midi. Le temps n'est pas au beau fixe depuis la fin de la semaine dernière et même les strass des casinos ne peuvent cacher la grisaille et la mer démontée qui crache ses embruns sur les bâtiments.

Le Liberty Hall n'est qu'à quelques rues. Nous y sommes vite, nous extirpant d'une farandole de boas multicolores. En attendant l'ascenseur, je déloge une plume coincée dans ses cheveux. Ma main s'attarde un peu trop dans ses boucles brunes. Elle sent le caramel. Je ne me rappelais pas son parfum. Sans doute qu'elle n'en portait pas en juin ?

La cabine qui nous emmène jusqu'au dernier étage de la tour semble avoir rétréci. Mon centre de gravité a changé, et je lutte pour ne pas me rapprocher de la jeune femme. Sa main s'égare vers la mienne, et frôle le bas de ma chemise. Elle remonte le long de mon poignet, et effleure ma peau brûlante. Je me tourne vers elle, et me perds dans ses yeux aux longs cils sombres. Sa naïveté n'est qu'une ruse, elle est consciente du trouble qui m'habite. Elle se mord la lèvre inférieure, un sourire en coin, tout en reculant juste assez pour être hors de portée.

Les deux Gardiens qui sont montés avec nous fixent un point à l'horizontale devant eux. Ils n'ont pas remarqué notre manège, et c'est très bien ainsi. Jamais mes hommes ne m'ont surpris en train de badiner en dehors des soirées. Je m'impose la même rigueur que j'exige d'eux.

Enfin, nous arrivons, et la tension s'évacue par les doubles portes qui débouchent sur le palier de nos appartements. D'un geste discret de la tête, j'invite les Gardiens en faction à nous ouvrir du côté d'Andy. Ce dernier devrait être présentable. Je l'ai fait réveiller quand Marianne a atterri, lui offrant le maximum d'heures de sommeil possible, tout en lui laissant le loisir d'au moins prendre une douche pour se remettre de sa nuit qui aura, du coup, été très courte.

Il nous attend dans son salon, impeccable comme à son habitude, en bras de chemise, deux boutons ouverts sur son torse glabre, et un pantalon gris. Un classique, qui fonctionne toujours avec son physique d'éphèbe. Il brosse ses cheveux en arrière, et nous rejoint avec sa grâce chaloupée qui fait son charme. Marianne se voit saluée d'un baise-main léger, et j'envie cet instant qu'il prolonge du bout des doigts.

— Marianne! Soyez la bienvenue. Vous nous avez manqué. Je m'ennuyais.

— Permettez-moi d'en douter, répond-elle dans un sourire amusé. Vous avez des centaines de jeunes femmes bien plus intéressantes que moi qui ne demandent qu'à vous divertir.

— Encore faudrait-il que je les écoute. Venez, je désirais vous montrer quelque chose.

Il lui tend la main, l'invitant à la suivre.

— J'aimerais que nous ayons une petite discussion auparavant.

— Je vous promets de vous répondre juste après. Vous restez quelques heures, me disait Nick ?

— Je ne sais pas, ça dépend des vols.

Elle se tourne vers moi. Je confirme, sans hésiter. J'ai déjà tout arrangé :

— Nous avons modifié les horaires, un avion décollera à 20 h. Vous serez ainsi rentrée avant le couvre-feu de 23 h, comme vous le désiriez.

Elle me dévisage, étonnée, et commence à vouloir argumenter :

— Je n'avais jamais dit à… enfin, bref. Oui. Ce sera bien.

Elle soupire en abandonnant le combat. Je me permets un léger sourire. Je connais sans doute mieux son emploi du temps, et celui de son mari, qu'elle-même, et j'adore son agacement en le lui démontrant. Ce jeu n'est pas pour lui déplaire, je le sens bien. Elle me tourne ostensiblement le dos, et prend le bras d'Andy. Je me retrouve obligé de les suivre, à ne pouvoir qu'imaginer la douceur de sa peau.

Mon rival, et néanmoins ami, l'emmène dans une des chambres de son appartement, qu'il a transformée cet été en une salle d'exposition dédiée à sa nouvelle muse. Au milieu trône le premier tableau qu'il a peint le soir du bal et, tout autour, accrochées au mur, des déclinaisons de la jeune femme dans sa robe nacrée, autant de variations de style des plus grands maîtres. Je le laisse s'enflammer sur ce sujet qui le passionne, et j'en profite pour admirer le rose monter aux joues du modèle de ces œuvres.

— Donc celui qui est au Louvre n'est qu'une copie? s'étonne Marianne.

— Bien sûr! Vous imaginiez possible que je me sépare de l'original? J'ai trouvé ça divertissant, cela faisait longtemps que je n'avais pas vieilli une pièce. Et puis, vous ne vous en rappelez sans doute pas, mais je vous avais demandé si vous aimiez les musées, et vous m'aviez répondu le Louvre. L'ironie était trop belle.

Elle tourne au milieu de ces facettes d'elle-même, des plus réalistes aux plus abstraites.

— Je ne sais pas quoi dire, avoue-t-elle.

— Je n'attends rien de vous, Marianne. Nick m'a convaincu de vous laisser repartir et, même si je le regrette chaque jour, devant me contenter de photos comme palliatif, j'ose espérer qu'un jour, vous reven-diquerez votre place à mon côté.

J'interviens, avant qu'il ne devienne trop entreprenant.

— Vous désirez peut-être manger ?

Marianne avoue être affamée. Andy liste nos restaurants préférés, et elle opte pour du japonais. Je m'empresse de faire libérer le salon privé et, une vingtaine de minutes plus tard, nous sommes en train de déguster des sushis.

— C'est magnifique cet endroit, s'enthousiasme Marianne.

J'observe les panneaux de bois tressés, les tables en marbre noir, et les estampes des murs. Elle a raison. Leurs architectes d'intérieur ont su créer une ambiance unique. Autant que je m'en souvienne, ce n'était pas aussi raffiné la dernière fois où j'avais mis les pieds ici. Ce qui doit bien remonter à deux ou trois ans. Car même si je commande souvent des plateaux-repas, je ne prends quasiment jamais le temps de me rendre sur place. Ou alors c'est dans le cadre d'un contrôle, et les restaurateurs n'apprécient guère ma visite, ne me laissant pas l'occasion d'admirer la décoration.

— Que désirez-vous faire cet après-midi ? demande Andrew en engloutissant un dernier maki.

— Discuter, répond Marianne en mettant les deux mains sur la table. S'il vous plaît, arrêtez d'interférer dans mon quotidien.

— Pourquoi ?

Ma question la désarçonne.

— Je ne sais pas… Après mon portrait au Louvre…

J'ai peur. Jusqu'où irez-vous ?

Andy hausse les épaules et répond avec un calme qui me surprend.

— Nous n'avons pas de plan précis. Nous essayons juste de simplifier votre vie, je suis navré si vous n'avez pas apprécié mon tableau. Je pensais que ce présent vous plairait.

— Non. Si. Je l'ai adoré. J'ai trouvé ça… grisant. Mais ce n'est pas bien.

Là, j'interviens avant Andrew. Je ne voudrais pas qu'il perde son sang-froid en défendant son art avec un peu trop de fougue.

— Et pourquoi ? Je vous l'ai déjà dit, le risque était minimal. Vous avez eu un bref aperçu des mesures de sécurité que nous déployons sur le terrain. Nous ne permettons à personne de deviner où nous sommes, de tracer ce que nous faisons, et d'espionner ce que nous savons. Rassurez-vous. Jamais nous n'attirerons sur nous une attention que nous ne maitrisons pas.

— Sur vous, mais sur moi ?

— C'est du pareil au même. Mes Gardiens ne sont pas là uniquement pour vous plaire, Marianne. Je pense qu'au fond, vous vous en doutez. Je serai direct, et j'espère ne pas vous inquiéter, mais si vous voulez des réponses, les voilà. Des hommes puissants vous ont vue en notre compagnie, et certains pourraient décider de vous utiliser contre nous. Notre… mode de vie nous attire beaucoup d'ennemis. Vous laisser partir était sans doute le plus gros risque que nous ayons pris depuis longtemps.

— C'est ridicule, je ne suis personne.

Andrew cette fois réagit avant moi. Il la transperce de son regard acier, et la fougue de sa passion.

— Vous n'avez pas la moindre idée de ce que je serais capable d'accomplir si quelqu'un vous blessait. J'ai été très clair le soir du bal. Vous êtes ma compagne. Quiconque vous menace s'attaque à nous. À Libertas.

Même moi, je ne suis pas certain que je réussirais à nous contrôler dans cette situation, notre sens des priorités a tendance à changer quand Marianne est impliquée… J'ajoute, pour bien lui faire comprendre les enjeux :

— Nos interventions vous facilitent la vie, certes. Elles envoient aussi un message : nous sommes là, ne vous avisez pas de toucher à notre protégée, ou vous en subirez les conséquences.

— Vous voulez dire que… je suis surveillée par d'autres que vous ?

— Oui. Enfin, de moins en moins. Nous en avons dissuadé un certain nombre, et d'autres sont juste passés à autre chose. Même si cette petite visite va sans doute raviver l'intérêt de certains.

Elle se laisse aller en arrière contre son dossier, repliant la serviette sur ses genoux, dans un geste machinal pour occuper ses doigts et évacuer son stress.

— Je n'aurais jamais dû venir ici.

— Regrettez-vous vraiment tout ça ? murmure Andrew en posant sa main droite sur la sienne.

Marianne ne fuit pas son contact, comme elle l'aurait fait il y a peu. Son regard s'échappe vers la baie vitrée, et les flots grisonnants qu'on aperçoit entre les tours, au-delà de l'avenue principale qui scintille de néons multicolores. Le panorama est bouché aujourd'hui. Ça reste une vue assez prenante pour qui n'est pas habitué.

— J'imagine que non, répond-elle en posant sa main gauche au-dessus de celle d'Andrew.

Il jubile même s'il se force à ne rien en laisser paraître. Marianne est à la frontière. Elle pourrait toujours basculer, se braquer et nous rejeter. Un rien, et elle nous échappera, son attitude sage et pondérée retrouvée. Elle est forte, et maintenant que je l'ai aidée à s'en rendre compte, elle l'est encore plus.

Pour certaines, c'est si simple de les attirer vers les lumières de Libertas. Des filles ambitieuses comme Emily, il suffit de leur faire miroiter un statut, et elle vous mange dans la main en une soirée. Si je n'avais pas tenté de la sauver, elle serait restée sa vie entière à Libertas, à enchaîner les fêtes au bras d'Andy, n'ayant comme seul but que d'être belle pour lui, afin qu'elle puisse briller à ses côtés. Elle s'était perdue, avant de s'abandonner à la Tamise.

Mais Marianne... Jamais elle ne se serait accordé un instant de bonheur, et elle aurait préféré mourir plutôt que d'accepter nos cadeaux. Avec ma proposition, cette unique fête, son esprit pouvait le tolérer et lui autoriser, pour quelques heures, d'en profiter. Ensuite, par petites touches, nous lui avons montré ce qu'elle manquait, ce qu'elle pouvait accomplir hors de sa zone de confort. Si demain nous stoppions tout, serait-elle capable de retourner à son ancienne vie ? Oui. Sans doute. Marianne ne cesse de m'étonner, elle s'en sortirait très bien, j'en suis sûr. De toute façon, je ne le ferais pas, car le danger est réel. Elle pourrait être utilisée comme moyen de pression sur nous, et il est hors de question de le permettre.

— Je veux me baigner, lâche-t-elle soudain. Je crois que j'ai besoin de me détendre. Ensuite…

Elle rougit, Andy se penche en sa direction, je lève un sourcil. Elle reprend après deux secondes d'un suspense insoutenable :

— J'aimerais poser pour vous.

Andy se jette à ses pieds. Elle vient de lui faire une véritable déclaration d'amour.

— Ce serait un immense honneur ! Nick, je te laisse l'accompagner à la piscine ? Je vais tout préparer. Je dois trouver une tenue, un décor… Je t'enverrai le lieu.

Déjà, il est sorti, nous abandonnant en tête à tête, totalement inconscient de la tension qui remonte en flèche.

La piscine

Je sens des picotements au niveau des reins quand Nicolas se lève à son tour, et me chuchote :

— Venez, je sais où nous pouvons aller.

Nous ? Je me maudis d'avoir proposé cette activité. Où est-ce que j'avais la tête ? Peut-être une réminiscence de mon dernier séjour ici ? Un regret de ne pas avoir profité de la piscine avec Lucie quand l'occasion m'en était donnée ?

Sous bonne escorte, nous descendons quelques étages par l'escalier de secours. Avoir évité la proximité de l'ascenseur est prudent, et la froideur de ce lieu impersonnel construit en béton me remet un peu les idées en place. Nous allons juste nager. Aucune raison de paniquer !

Notre groupe progresse dans un labyrinthe de couloirs bruts. À en juger par les gens que l'on croise, habillés de salopettes grises ou les bras chargés de caisses, ce secteur est dédié à la maintenance et aux livraisons. Tout le monde s'empresse de s'écarter, jetant des regards inquiets vers les Gardiens, et surtout vers Nicolas.

Ce dernier n'en a cure, et il marche comme ses

hommes, les épaules droites, les mains collées sur les côtés. De vrais petits militaires. Moi, par contre, je suis gênée, la cible de l'étonnement de la plupart, voire de la compassion de certains. D'un point de vue extérieur, à ainsi avancer entourée de Gardiens à l'abri des regards, on imagine que je suis en train de me faire expulser, ou quelque chose du genre.

Enfin, nous nous extirpons de la grisaille, dans la lumière tamisée d'une grande zone commerciale au sol moquetté. Les larges éclairages ressemblent à des halos d'étoiles. Je n'ai aucune idée de l'étage. Ni d'ailleurs du bâtiment. Qu'importe. Où que je regarde, ce sont des rangées de restaurants avec leurs terrasses qui se chevauchent, de casinos aux machines bruyantes, et de bars à l'ambiance survoltée. Comme nous sommes en intérieur, et qu'il n'y a aucune fenêtre, on se croirait en pleine nuit, plongés dans une bulle hors de la temporalité.

Nicolas pousse un rideau de velours rouge, et manque de faire avoir une attaque à la dame très distinguée qui nous accueille, derrière le comptoir d'un petit boudoir. D'un certain âge, au moins la soixantaine, les cheveux gris retenus en arrière, et des rides qu'un maquillage discret ne réussit pas à masquer, elle joint les paumes, en une sorte de prière, et balbutie dans le cliquètement de ses multiples bracelets :

— Monsieur… Je...

Nicolas l'interrompt, une main levée en signe d'apaisement.

— Je ne suis ici qu'en tant que client. Votre meilleur bassin. Immédiatement.

Elle se confond en remerciements, tout en disparaissant à toute vitesse derrière un autre rideau. D'un doigt, Nicolas ordonne à deux de ses Gardiens de la suivre, et en place une seconde paire à l'extérieur, avec consigne de ne laisser entrer personne. Il patiente avec moi en compagnie de ceux qui restent.

J'ai tout le loisir de l'observer, dans l'ambiance rougeoyante de cet étrange salon, et de réfléchir à cette obsession de la sécurité qui l'habite. Est-il paranoïaque ? Réaliste ? Est-ce que je suis en danger sur Paris ?

La dame revient après quelques minutes. À la lueur d'un chandelier, elle nous conduit jusqu'à une magnifique petite piscine d'intérieur, au carrelage blanc et aux murs roses. Nous sommes catapultés dans un film, à cet instant pivot où le héros s'apprête à déclarer sa flamme à la femme de ses rêves, et qu'il allume cinquante bougies pour leur rendez-vous.

— Très bien, annonce Nicolas à la gérante.

Avant d'ajouter à l'intention de tous :

— Que personne ne nous dérange.

Les uns et les autres ressortent, nous laissant seuls. Avec lenteur, je fais le tour de la pièce, marchant sur les pétales qui sont étonnamment doux sous mes pieds. Derrière un paravent, la lumière un peu plus vive en provenance d'un vestiaire m'invite à entrer. Des portants croulent sous les maillots, organisés par taille, puis par modèles. Je me retourne vers Nicolas, qui n'a pas bougé de l'entrée. Je lui adresse un petit signe, avant de disparaître me changer.

Mon choix s'arrête sur le premier, une pièce en trente-huit. La coupe en est beaucoup moins sage que je ne le pensais de prime abord, formée de deux bandes rassemblées au-dessus du nombril, qui laissent une partie du ventre apparent. Je suis en train de m'observer devant le grand miroir de plain-pied, hésitant à en essayer un autre, quand j'entends le bruit de l'eau. Oh et puis au point où j'en suis !

De retour au bord de la piscine, l'indécision me reprend. Nicolas nage avec la force de l'habitude, ses muscles roulant sous sa peau d'ébène, enchaînant les allers et retours dans le bassin qu'il parcourt en quelques crawls. M'ayant sans doute vue, il s'arrête au centre et me fixe, avec cet air impassible qu'il ne semble jamais abandonner.

Allez… Je m'assois et me laisse glisser dans l'eau. Elle est chaude, et j'ai pied partout. Même si j'aime me baigner, je ne suis pas une grande nageuse, contrairement à Nicolas, j'avance d'une brasse hésitante. Il reste stoïque, debout. Cette froideur apparente réveille quelque chose en moi, et l'irrésistible envie de le faire craquer. Notre premier baiser, si catastrophique soit-il, a été de mon initiative. Je décide que le prochain sera de la sienne.

J'effectue quelques tours, aussi lascivement que mon barbotage maladroit me le permet. Je m'immobilise face à lui, attrapant ses hanches entre mes jambes, pour me redresser, corps contre corps. Mes mains dans son dos découvrent pour la première fois sa peau, descendant jusqu'au creux de ses reins, remontant le long de ses côtes. Il me fixe, les mâchoires serrées. Sa glotte suit mon rythme qui s'accélère. J'approche mon visage du sien, et stoppe mes lèvres à quelques millimètres des siennes. Il sent le café. Son corps trahit son excitation, et son caleçon durcit contre mon bas ventre. Enfin une réaction qu'il ne peut pas masquer si facilement !

— Es-tu sûre ? me chuchote-t-il.

— Non. Et alors ?

Il étouffe un rire et rend les armes. Son baiser est limite violent, ses lèvres chaudes pressées contre les miennes, sa langue qui s'invite entre mes dents. Il nous ramène jusqu'au bord de la piscine où, comme par hasard, des serviettes ont été placées de manière très pratique, pour ce bassin où l'on ne vient pas pour nager.

Il me dépose sur la margelle, les pieds encore dans l'eau et, appuyé sur ses avant-bras, il me domine de toute sa force et m'allonge. Maintenant mes deux mains au-dessus de ma tête, il se fait plus entreprenant, embrassant mon décolleté, descendant sur mes seins, dont il aspire les tétons à travers le tissu humide. Et, avant que je ne réalise, il plonge, juste à la bonne hauteur de mon intimité.

Mais qu'est-ce que je suis en train de faire ?

Je gémis sous ses coups de langue, et tente de bouger pour ne pas succomber trop vite. Mais il me maintient d'une poigne de fer. Incapable d'autre chose que de profiter de ses assauts, je suis au bord de la délivrance, quand il stoppe. Il s'extrait de l'eau, m'éclaboussant au passage.

— S'il te plaît, je supplie.

— Es-tu sûre ? répète-t-il.

— Toujours pas. Mais je te veux.

Son sourire est carnassier. Il est beau comme un dieu, presque nu, les cheveux plaqués en arrière, la peau brillante à la lumière tamisée des bougies. Il plonge la main dans un récipient, et en sort un préservatif. Bien sûr, tout est prévu... Essayant de ne pas écouter ma raison, et le peu de fierté qu'il me reste de me faire sauter dans un baisodrome sur l'île de tous les vices. Trompant mon mari qui doit bien sagement s'occuper à notre appartement. Ratant le travail, où je devrais être, comme toute personne rationnelle en un après-midi de semaine. Avec l'étrange impression de trahir Andrew qui, dans sa passion d'artiste, m'a poussée dans les bras de son ami. Après des mois à nier l'évidence, je succombe à Nicolas. Je ne suis plus que plaisir.

Quand il retombe, épuisé, à côté de moi, ma raison tente toujours de lutter contre mon corps frémissant. Nicolas se débarrasse de son préservatif, qu'il noue et balance en boule dans un coin, avant de plonger nu et d'enchaîner les longueurs. L'observer aller et venir, avec une précision millimétrique, m'aide à reprendre ma respiration, et une partie de mon esprit.

Après un long moment de calme et, je crois, un bref endormissement, une douche s'impose. Sous l'eau brûlante du jet, des marques apparaissent sur mes côtes et mes poignets. Eh bé… ça va être difficile à expliquer à Ben. Ou encore à Andrew.

Mais, même pour ça, je n'arrive pas à m'inquiéter des conséquences. Ce ne serait que justice que mes mensonges m'explosent à la figure. Je ne regrette pas ce qu'on a fait. Si la vérité doit éclater, ainsi soit-il. Enfin, ce n'est pas pour autant que je vais quand même m'en vanter. Une fois lavée, je me rhabille, et constate que mes manches devraient m'éviter des questions gênantes.

— Andrew va nous attendre, me rappelle Nicolas quand je le rejoins.

Je l'embrasse dans le cou, et lui réponds tout aussi bas :

— Je sais. Allons-y.

Dès la porte passée, Nicolas redevient tel que je l'ai toujours connu, droit et froid. J'hésite entre être rassurée, ou au contraire agacée par cette normalité. D'un côté, je me voyais mal arriver auprès d'Andrew en lui tenant la main. De l'autre, les choses ne devraient-elles pas être différentes entre nous maintenant ?

Quand nous sortons à la lumière du jour, quittant

enfin l'ambiance feutrée dans laquelle nous baignons depuis un moment, Nicolas remarque immédiatement mes marques sur mes poignets, que j'essayais pourtant de masquer en baissant les manches de la veste de mon tailleur.

Il s'arrête sans prévenir. Le Gardien qui le suit manque de le percuter, la collision n'est évitée que parce que Nicolas fait un pas en ma direction. Il me prend la main et, du pouce, il caresse les traces que ses doigts ont laissées dans ma chair.

— Je suis désolé.

La fureur contenue dans ces quelques mots est terrible, et vaut tous les discours qu'il pourrait inventer pour s'excuser.

— Ce n'est rien.

Il insiste pour que je choisisse des bracelets dans une bijouterie. J'opte pour des cerclés de cuirs, agrémentés de petites pierres brunes, de l'ambre, je pense. Des bijoux qu'il ne prend pas même la peine de payer, et que nous embarquons sitôt essayés. Je présume que diriger un pays hors des lois doit offrir quelques avantages. À moins que, tout bêtement, l'un de ses hommes ne se soit occupé des détails pécuniaires, ou que la facture ne lui soit adressée par la suite.

Andrew nous a donné rendez-vous au Chat noir, le lieu de notre première rencontre. Ce choix n'est pas anodin. Je frémis quand je passe la porte, levant les yeux vers le balcon, où Andrew est appuyé à la rambarde.

Le bar est vide, silencieux malgré les lumières qui sont allumées dans la salle. La scène, elle, est plongée dans l'obscurité, avec un seul projecteur qui éclaire un micro sur pied. À l'étage, tout est prêt, le chevalet, un canapé rouge entouré de plusieurs rangées de spots, et une robe noire posée sur le dossier. Elle m'évoque celles que portaient les chanteuses de cabaret dans les années vingt.

— Qu'en dites-vous ? me demande Andrew avec une certaine excitation dans la voix.

— C'est parfait.

Je suis sincère, le choix du lieu, l'ambiance… Andrew a une intelligence artistique hors du commun.

— Si vous désirez vous changer ?

Il m'indique une pièce attenante.

— Inutile. Retournez-vous.

Andrew s'exécute, Nicolas avec un petit délai. D'ailleurs, je le surprends à m'espionner, jusqu'à ce que j'ôte ma chemise, dévoilant le reste des marques qu'il m'a faites.

— Merde, lâche-t-il.

Cette brève interjection, à peine articulée, est si inhabituelle chez Nicolas, qu'Andrew en oublie ses bonnes manières, et m'épie à son tour. Il me découvre en sous-vêtements, et ne peut que voir les hématomes. La stupeur qui se lit sur son visage se change en fureur quand il note le trouble de Nicolas, et qu'il comprend.

— Nick, gronde-t-il. Ne me dis pas que…

Nicolas ferme les poings sur ses cuisses, et affronte son accusateur sans flancher, sans ciller ou baisser le regard.

— Quoi ? Ne me reprochais-tu pas de ne jamais en profiter ?

— Pourquoi ?

Ce cri inattendu me glace le sang. Andrew se laisse tomber à genoux et reprend, à voix rauque, les larmes commençant à couler sur ses joues.

— Pourquoi elle ? Ma muse… Ma reine…

Il est évident que Nicolas se retient de consoler Andrew. Il oscille, d'une jambe sur l'autre, serrant et desserrant les poings. Alors je m'en charge à sa place. Accroupie, j'attire l'homme au cœur brisé contre moi, sa tête contre ma poitrine. Une position qui, bien sûr, fait enrager Nicolas, qui lève les yeux au plafond, en soufflant.

J'imagine sans mal la suite des événements. La relation d'Andrew et de Nicolas qui se détériore. Libertas qui s'affaiblit, le pays déchiré entre ses dirigeants qui se détruisent au sommet et s'attaquent à coup de milliards et de trahisons aux répercussions internationales. L'attention des polices ravivée, leurs soutiens qui s'étiolent et, un jour, un putsch. Une force extérieure qui renverse le pouvoir, ayant profité de leur guerre fratricide pour prendre le contrôle de l'île et expulser ses fondateurs. Nicolas et Andrew extradés, arrêtés, traînés devant les tribunaux, à purger une sentence à vie.

Et si je pouvais changer ça ? N'écoutant que mon cœur, qui pour une fois s'aligne avec cette irrésistible envie que j'ai d'aider les autres au détriment de ma personne, je lâche, plus pour moi d'ailleurs.

— Et pourquoi pas ?

Je me relève, face à ces deux hommes qui sont prêts à s'écharper. Pourquoi faudrait-il obligatoirement que je me limite à Nicolas OU Andrew ? Car la religion, la bienséance, ou je ne sais quel législateur l'a décidé ? Pour suive l'archétype des comédies romantiques qui mettent en avant ce triangle amoureux, où la jeune femme est obligée de choisir entre la passion et la raison ? Et s'il existait une autre solution ?

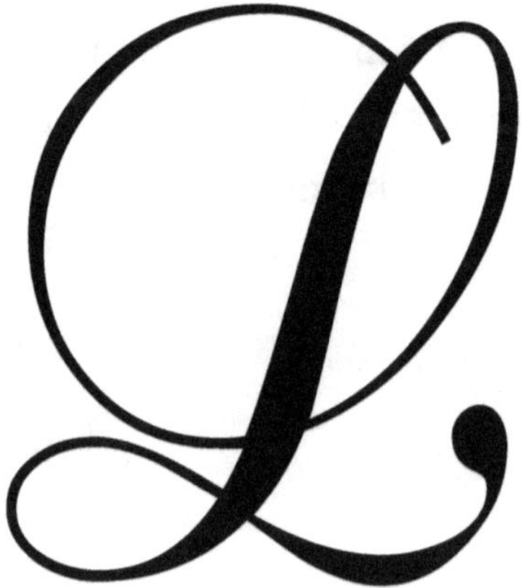

19

Liberté, ou conformité?

Marianne – 30 octobre (18 h 01)

Je ne me rappelle que trop bien la jeune fille discrète que j'étais, ici même, quatre mois auparavant, et qui bégayait pour qu'on aille chercher son amie car elle ne savait comment gérer la situation.

Mais je ne suis plus elle. En sous-vêtements, je confronte les deux hommes les plus puissants de Libertas sans ciller. Des dictateurs assumés, qui ne doivent leur liberté qu'à la manipulation et à la spéculation. Ils attendent que je leur explique, l'un toujours prostré au sol, l'autre droit comme un i.

— Est-ce que vous n'avez pas créé ce pays pour défier les règles? Alors, brisons-en une supplémentaire.

Je me penche pour inviter Andrew à se relever puis, me tournant vers Nicolas, je l'incite à nous rejoindre. De mauvaise grâce, ils ne m'en écoutent pas moins. Je prends leurs mains, que je pose sur mon cœur.

— Je peux être muse et amante. Moi, telle que je suis. Pour vous deux. Ou à personne. Maintenant, je crois qu'il y a un certain équilibre à rétablir.

Sans leur accorder le temps de réagir, j'embrasse Andrew. Son baiser est doux comme un papillon, savoureux et sucré. Nicolas s'arrache de mon emprise, et s'apprête à s'enfuir. Je romps l'étreinte, mais reste lovée dans le cou d'Andrew.

— Ou à personne.

— Je ne vais pas regarder, crache-t-il.

— Qui t'a parlé de regarder ?

Je le laisse décider, retournant dans l'étreinte voluptueuse d'Andrew. Après quelques secondes, Nicolas se glisse derrière moi, ses mains sur mes hanches.

Ils sont le feu et la glace, la passion et la douceur. L'un me touche avec ferveur, l'autre m'effleure comme une fleur fragile. Je me sens maladroite au milieu d'eux. Pas mal à l'aise, non. Bien au contraire. Mais je n'ai qu'assez peu d'expérience dans ce domaine, et encore moins avec deux hommes. Je ne sais comment répondre à leurs demandes, alternant une caresse au premier, un baiser au second.

Eux sont bien moins prudents que je ne m'y attendais. Sans doute ont-ils déjà exploré cette voie, et partagé leurs ébats par le passé. Ils n'hésitent pas à se toucher, ce qui ne fait que rajouter à mon excitation et à ma confusion.

On expérimente, on se découvre, on s'embrasse et on s'empoigne. À plusieurs reprises, je m'abandonne, dans la tendresse de l'un et la fougue de l'autre. Essoufflée, haletante, ce n'est pourtant qu'à chaque fois une nouvelle envie qui éclot et recommence, nous emmenant vers des sommets que je ne croyais pas possibles. Quand enfin nous poussons tous les trois de concert un râle, et que nous nous écroulons sur le plancher dans un soupir, je suis au nirvana. Et totalement épuisée.

— Tu vas rater ton avion, remarque Nicolas d'un ton factuel.

Je pars d'un grand éclat de rire, et me relève sur un coude pour l'observer, lui, toujours si sérieux, peu importe les circonstances. Il hausse un sourcil, surpris.

— Le monde n'a pas cessé de tourner pour autant, rétorque-t-il en commençant à se rhabiller.

Andrew, au contraire, profite de l'instant, lové contre moi. Je me rallonge, le regard fixé sur le plafond sombre, dont je ne distingue pas bien les détails.

Partir ? Rester ?

Je soupire. La réponse est évidente. Une fois déjà j'ai disparu pendant une semaine, et je n'ai pas donné de nouvelles. Je leur ai promis que cela ne se reproduirait pas. Lucie. Paul. Ben. Ils méritent de savoir, même si ce que j'ai à leur dire ne leur fera pas plaisir, voire ils préféreraient peut-être m'oublier. Ce style de discussion n'est pas celle qu'on peut avoir par téléphone. Ils devraient venir ici, m'accompagner à Libertas, constater ce qui m'est offert, c'est la seule solution pour espérer que mes amis comprennent.

— Il a raison. Je dois rentrer.

Andrew s'accroche à moi. Comme si j'étais sa bouée et qu'il pouvait me retenir par la seule force de sa passion. Je présume que dans les faits, il le pourrait. Il n'a qu'un mot à dire pour que jamais je ne quitte le pays. Mais je sais qu'il ne le fera pas. Enfin, j'ai bon espoir qu'il ne gâchera pas tout. Plus maintenant. Je le repousse gentiment, afin de partir en quête de mes vêtements qui ont pu atterrir un peu n'importe où.

— Je vous promets de revenir. Juste… Laissez-moi le temps. Je dois réfléchir. Trouver un moyen de l'annoncer. Prendre des dispositions.

Nicolas m'apporte mon string, pendu au bout de son index. Je l'attrape, et accepte la main qu'il me tend pour me relever. Ce faisant, il se rapproche de moi, presque inquiétant, reprenant mes propres paroles qu'il me glisse à l'oreille.

— N'oublie pas, à nous deux. Ou à personne.

La menace à peine voilée me fait déglutir. Je recule d'un pas, indécise sur la manière de réagir. Nicolas, toujours si dur à cerner. Un instant, j'ai l'impression de contrôler et, d'un geste ou d'un mot, il me déstabilise et rappelle qu'il est aux commandes. Est-ce que je suis aussi libre de mes choix que je le crois ? Andrew qui a, entretemps retrouvé son caleçon, observe notre messe basse, un sourcil arqué, les bras passés autour de ses genoux.

— Cet avion pourrait-il patienter une quinzaine de minutes ? demande-t-il.

Nicolas lève les yeux au ciel, mais il est clair que l'idée ne semble pas le déranger outre mesure.

— Excellent, jubile Andrew qui saute sur ses pieds. Installe-toi, Marianne ! Je ne voudrais pas te décevoir.

S'éloignant quelque peu de nous, Nicolas s'empare de sa tablette, que je ne l'avais pas vu utiliser de la journée, et s'appuie contre un mur, les jambes croisées. Andrew, de son côté, prépare ses couleurs. Je décide d'assumer ma nudité, et de ne pas porter la robe, détournant son usage en drapé et non comme un habit. Quand Andrew relève la tête, ses yeux s'illuminent en me découvrant couchée sur le canapé.

— Magnifique !

Il vient arranger le tissu, allume un spot, en décale un second, et éteint les autres. Satisfait de sa mise en place, il disparaît derrière le chevalet. Le moment est trop rapide, et trop précieux. Je pensais que poser serait ennuyant. Au final, j'adore. C'est calme, reposant, surtout que j'ai l'avantage d'être à chaque fois bien installée.

J'ignore encore ce que je vais faire quand je rentrerai sur Paris. Tout avouer à Ben ? Mener une double vie ? M'expatrier ici ? Suis-je au moins libre de ma décision ? Ou est-ce que je dois juste choisir le moindre mal ? Épuisée, je peine à me concentrer. Je repense à la piscine, et à nos ébats passionnés. Je retourne en arrière, lorsque je trouvais Andrew flippant, et que je ne comprenais pas que son attitude étrange n'était qu'une manifestation de sa dévotion totale à mon égard.

Finalement, Nicolas nous accorde une trentaine de minutes. Il est presque 20 h quand il nous interrompt d'un raclement de gorge. Il faut se dépêcher de se rendre au terminal. Andrew me dit à peine au revoir, un baiser furtif, du bout des lèvres, trop concentré qu'il est sur sa toile. Je le laisse à son œuvre, et m'empresse de remettre mes vêtements pour suivre Nicolas vers l'aéroport.

Lui, par contre, ne rate pas l'occasion. Entre deux couloirs, il me coince dans un renfoncement, et me serre contre lui, avec la passion qui le caractérise. Je lui rends son baiser et, autant sous le signe de l'espoir que de l'ultimatum, ses derniers mots sont sans appel :

— À bientôt.

Il me laisse aux portes de son pays. Une nouvelle fois, je repars, libre, après avoir joué avec le feu. J'emporte les bracelets, que je suis autorisée à conserver, au titre de ce statut exceptionnel qui semble aller à l'encontre des procédures, et qui suscitent de nombreuses inter-rogations aux Gardiens chargés de me fouiller.

Je dors une grande partie du voyage de retour. Heu-reusement, car j'avais oublié de reprendre de la lecture. J'ai la bonne surprise de découvrir Bob, qui m'attend sur la zone du dépose-minute. La circulation est fluide ce soir, et je suis chez moi un peu avant 23 h. Ben n'est pas là. J'ai le temps de lancer mes vêtements dans le panier à linge, et de me jeter sous la douche, avant qu'il ne rentre. Quand je sors, enroulée dans mon peignoir de bain, il m'observe, étonné.

— Tu n'es pas couchée ?

Et là, sans réfléchir aux conséquences, je décide, sur un coup de tête.

— Non, j'avais des choses à régler. Ce week-end, on se rend à Libertas. J'ai été idiote de vouloir t'en tenir éloigné. Si tu veux inviter Paul, je me charge d'en parler à Lucie.

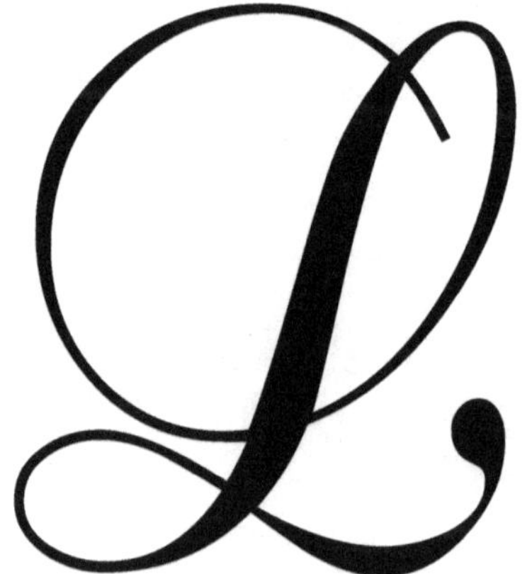

20

La dernière visite

Marianne – 4 novembre (10 h)
Quelques jours plus tard

Me voilà encore dans un avion, après quatre jours passés à travailler d'arrache-pied pour rattraper mon escapade du lundi et à avancer au maximum sur les derniers détails qui valideront la livraison de ce lot de six nouvelles maisons d'accueil.

Ben est à côté de moi, tassé dans son fauteuil, à regarder avec anxiété les moteurs à travers le hublot. Il flippe dès qu'il entend ou ressent la moindre variation. Lucie est de l'autre côté de l'allée, concentrée sur sa série, des écouteurs dans les oreilles. Très décontractée, comme à son habitude, elle est à son aise, et elle le montre. Paul vient ensuite, voisin d'un gros milliardaire qui ne cesse de lui faire du rentre-dedans depuis le départ. Le pauvre garçon tente par tous les moyens d'expliquer qu'il n'est pas intéressé, et son nouvel ami insiste, comme s'il était persuadé que personne ne peut lui dire non. Ce qui, d'ailleurs, doit souvent être le cas.

Moi, j'essaie de me concentrer sur mon livre. J'en suis au cinquième tome de la même romance que j'ai découverte dans la librairie/salon de thé. J'ignorais totalement que c'était un cycle, et voilà que j'ai mis le doigt dans l'engrenage ! Les pages m'hypnotisent, et m'amènent à dormir chaque jour plus tard. En bref, je suis crevée, et pourtant ça ne m'empêche pas de continuer d'abuser !

— Oh merde !

L'avion subit une légère secousse, et Ben m'agrippe la main, à s'en faire blanchir les phalanges. Je grimace, et tente de l'inviter à relâcher la pression.

— On tombe… je suis sûr qu'on se crashe !

Lucie, qui n'a pas manqué d'entendre les cris d'orfraie de mon mari, comme d'ailleurs les trois ou quatre rangées autour de nous, intervient :

— Cela fait un quart d'heure qu'on perd de l'altitude. Nous sommes bientôt arrivés.

Comme preuve de ce qu'elle avance, elle montre, à travers le hublot opposé, la flèche du Liberty Hall qui transperce les nuages. Cette fois, aucun doute, cette impression de retourner à la maison est bien présente.

— J'ai horreur de l'atterrissage. Déjà l'autre coup, ça m'a fait flipper.

— Et j'ai dû te filer un sac pour vomir, se moque Paul.

— Petite nature, renchérit Lucie.

Je me cale au fond du siège pour les laisser se lancer des piques, admirant l'île qui apparait peu à peu de notre côté, notre appareil ayant entamé un large virage pour se positionner face à la piste. La manœuvre s'accomplit en douceur, même si les os de ma main souffrent lors de la procédure. Ben n'accepte de me lâcher qu'une fois l'avion garé, et une bonne partie des voyageurs de première classe debout. Du coup, nous sommes obligés d'attendre qu'ils avancent pour se lever.

Gilet orange vient à nouveau nous récupérer dans la file :

— Madame, c'est un plaisir de déjà vous revoir !

J'acquiesce, quand même un peu gênée car, forcément, Ben n'a pu que l'entendre, et ses sourcils se sont froncés au « déjà ». L'occasion ne lui est pas donnée de le remarquer, l'employé continue :

— Il vous faudra par contre procéder à la démarche complète, certains d'entre vous ne sont jamais venus sur le territoire.

— Nous vous suivons.

Nous entrons dans le premier bureau de la douane libéré. Une hôtesse nous attend, perchée sur un tabouret derrière son haut comptoir blanc. L'ambiance de boîte de nuit, avec cet éclairage au néon, ne me choque plus. C'est plutôt raccord avec le reste du pays, en fait. Pour Lucie et moi, notre admission sur le territoire de Libertas est réglée en une signature. Nous laissons ensuite les garçons écouter les divers avertissements qui m'avaient tant fait hésiter lors de ma première venue.

— Alors tu ne lis plus les petites lignes, remarque Lucie en riant.

— J'ai arrêté. Tu sais, je n'ai jamais eu l'occasion de te remercier.

— Pourquoi Poulette ?

— Pour avoir essayé de me dérider.

— Je crois qu'au contraire j'ai été une amie terrible. Tu me pardonnes ?

— Il n'y a rien à pardonner, Lucie. Je t'aime.

Nous tombons dans les bras l'une de l'autre. Je lui murmure, pour ses seules oreilles :

— Peu importe ce que le futur me réserve, je serai toujours exactement là où je veux être. Pour moi, pas pour le monde entier.

Elle ne répond pas, mais son étreinte s'affermit. En tout cas, jusqu'à ce que l'employée m'interpelle.

— Madame ? Nous aurions besoin de votre signature.

N'ayant pas du tout suivi leur discussion, au comptoir, je ne comprends pas pourquoi.

— Pour ?

— Benjamin n'a pas l'autorisation de rentrer sur le territoire de Libertas sans votre assentiment, m'explique-t-elle avec une moue d'agacement.

— Ah. Bien sûr.

— D'où ça vient ça ? s'étonne Ben.

— Rien. Une simple assurance-vie.

Nicolas abuse ! Il aurait pu supprimer l'interdiction en amont de mon voyage. Ce n'est pas comme s'il ignorait notre arrivée. Sans doute sa façon de rappeler qu'il contrôle la situation. Je signe sur la tablette, devant un Ben agacé, un Paul surpris, et une Lucie qui a encore la larme à l'œil de notre petite discussion.

Ensuite, il faut passer par le vestiaire. Aucun de mes amis n'est sur la liste d'exemption, et je préfère ne pas insister pour qu'ils soient ajoutés.

Le hall des arrivées est bondé. Comme je l'espérais, Nicolas n'a pas fait le déplacement. D'ailleurs, aucun Gardien n'est venu nous attendre et nous sortons dans la folie de Libertas sans escorte. Lucie sautille sur place, et me prend les mains, m'emportant dans la foule. Je la suis sans hésiter, et nous tournoyons au rythme d'un rock endiablé, mené par un groupe de jeunes musiciens qui se trémoussent sur une estrade improvisée, entre un salon de tatouage et un bar à champagne.

— Ce soir, on danse !

Comme ils peuvent, les deux garçons nous rejoignent, et nous nous immergeons dans la fête qui bat son plein, alors qu'il n'est pas encore midi. D'ailleurs, nos estomacs ne tardent pas à nous ramener à de basses considérations.

— Je connais un super resto de sushis !

Ma proposition est accueillie à l'unanimité. Retrouver le japonais est facile. Il suffit de repartir du Liberty Hall, et de suivre le même chemin que lundi dernier. Quand nous arrivons, une queue s'est formée devant l'établissement qui arbore un panneau très clair « Sur réservation uniquement jusqu'à 14 h ».

— Oh mince, regrette Lucie.

Elle est en train de regarder autour de nous les alternatives, la zone ne manque pas de restaurants, et tous sont loin d'attirer autant de clients. Sauf que j'ai envie de tester quelque chose. Est-ce que mon statut m'offre autant de privilèges que je le présume ? Au comptoir, une hôtesse m'accueille d'un ton mielleux quand je m'approche :

— Madame, vous aviez réservé ?

— Non, mais vous permettez ?

Ma montre, posée sur son terminal, entraîne un changement immédiat d'attitude. Son sourire s'agrandit, comme si cela pouvait être possible.

— Oh, excusez-moi. Ce sera pour combien ?

— Nous sommes quatre. Paul, Ben, Lucie. Venez !

Mes amis me rejoignent étonnés de voir que, comme par magie, le restaurant nous a déniché une table.

Après un repas délicieux, nous nous retrouvons seuls, Paul et moi, pendant que les deux autres s'absentent aux toilettes. C'est plutôt rare que je coince le meilleur ami de Ben sans l'intéressé, alors j'en profite.

— Il a l'air serein, non ?

— Trop, me répond-il. Résigné presque.

— Tu seras toujours là pour lui, hein. Quoi qu'il arrive ?

— Bien sûr. On a traversé trop de galères, lui et moi. Vous êtes peut-être mariés, mais on était liés bien avant qu'il te connaisse.

— Il a de la chance d'avoir un ami comme toi.

— Tu n'es pas à plaindre avec Lucie.

— C'est pas pareil…

Je ne m'étends pas sur le sujet, car elle revient sur ces entrefaites.

Durant l'après-midi, nous errons dans les rues, jusqu'à fuir après s'être perdus dans un quartier glauque où zonent des mecs étranges, nous assistons à un spectacle de cirque, nous nous offrons des massages «sans le *finish* merci», avant de prendre l'apéritif et des amuse-gueules dans un bar, à écouter la prestation d'une chanteuse acoustique, qui s'accompagne au piano.

— Quelle journée, résume Paul. C'est toujours comme ça, ici ?

— Ouaip, confirme Lucie. Tu comprends quand je te disais que la ville n'est pas dangereuse. Personne ne cherche à t'assassiner au coin d'une rue.

— Je ne suis pas persuadé que les gars se faisaient des câlins quand on s'est paumés.

Il est vrai qu'avant que nous tournions les talons et décidions de revenir vers la partie bonne enfant de l'île, nous avons assisté à plusieurs bastons assez violentes.

— De toute façon on a notre service de sécurité privé, critique Ben.

J'espérais que j'étais la seule à avoir remarqué la dizaine de Gardiens qui gravitent à prudente distance de nous.

— Ils sont partout, dédramatise Lucie qui se tord le cou pour les repérer.

— Si tu le dis.

Ben me fixe. Il a l'air triste et dépassé.

— Pourquoi tu nous as fait venir, Marianne?

— Je vous expliquerai demain.

— Tu ne comptes pas rentrer, c'est ça?

— Hein? s'exclame Lucie.

— Plombe pas l'ambiance, s'énerve Paul. Punaise, tu peux arrêter de te prendre la tête?

Ben s'enfonce un peu plus dans sa chaise, regardant dans une autre direction que la nôtre.

— Ouais, c'est ça, si tu le dis.

Il se mure ensuite dans le silence, et ne participe à aucune de nos discussions. Une fois nos boissons terminées, et les trois planches à partager englouties, nous décidons de passer à notre chambre avant de ressortir pour la soirée.

En se rapprochant du Liberty Hall, la foule se fait moins dense, comme si la proximité du pouvoir inquiétait ceux qui n'ont rien à y faire. J'avance dans le hall, laissant en arrière mes amis qui se dévissent le cou pour observer les grands lustres et l'immense cage de verre de l'ascenseur. Une belle femme, derrière le haut comptoir de l'accueil, va pouvoir me renseigner.

— Pourriez-vous nous confirmer ma réservation?

— Mais bien sûr, Madame. Vous occuperez de nouveau la 125-C, se situant donc à l'étage 125, si cela vous convient? L'appartement possède cinq chambres. Si vous préférez plus d'intimité, nous pouvons mettre à votre disposition des suites attenantes individuelles.

La troupe tombe immédiatement d'accord pour l'appartement commun. Une fois sur place, je retrouve avec une certaine nostalgie cet endroit, que j'ai considéré un temps comme ma prison. Rien n'a changé, si ce n'est un tableau, dans l'entrée, une esquisse tout en finesse d'une femme lascive sur un canapé rouge.

Une enveloppe cachetée, sans aucun nom, est posée sur la table du salon. Lucie vient me l'apporter :

— Tiens, c'est sans doute pour toi.

Elle n'en reste pas moins à côté de moi, quand j'extirpe le carton.

« Vous êtes cordialement conviées
au Chat noir à minuit – A & N. »

— Ils ont le sens du spectacle, y a pas à dire…

Nous y sommes. La machine est en marche.

Liberté, ou égalité ?

J'observe mes amis, avec une certaine pointe de nostalgie. Paul ouvre les placards, et s'émerveille devant le frigo qui contient de quoi nourrir une famille pendant une semaine. Lucie furète déjà dans le dressing. Elle recouvre son lit des tenues qu'elle trouve jolies en deux tas. Fidèle à son habitude, elle planifie ce que je vais porter. Et bien sûr Ben, assis sur le canapé, qui fixe un point invisible sur le mur. Il respire si lentement qu'il paraît immobile, les mains posées à plat sur ses cuisses, l'enfant sage au look de punk.

— Je vous laisse un moment, on se revoit ce soir au Chat noir dans une heure ?

Avant qu'ils ne manifestent, ou que je ne croise le regard désapprobateur de l'un d'entre eux, je m'éclipse. C'était sans compter sur la rapidité de Ben, qui me rattrape dans le couloir.

— Tu vas les rejoindre ?

Inutile de nier.

— Oui.

Il me prend par les épaules, et me fixe avec une telle intensité que je me sens mise à nue. Sans chercher à argumenter, il se contente d'un :

— OK. Sois heureuse, Marianne.

Il a le réflexe de vouloir prendre son alliance, avant de se rappeler qu'il a dû la laisser à la frontière du pays. Il ferme les poings, souffle un grand coup, me serre une ultime fois, puis tourne les talons. Ce n'est que quand l'ascenseur bipe pour signaler son arrivée que je réalise que je suis plantée comme une idiote au milieu du couloir, mes mains sur mes épaules, comme si je pouvais conserver le souvenir de la dernière étreinte de mon premier amour.

Est-ce que Ben vient de me quitter ? Est-ce que c'est ce que je veux ? Que va-t-il devenir sans moi ?

L'ascenseur se referme, les questions affluent, et ma panique s'amplifie à chaque goulée d'air que je réussis à avaler. Je me laisse glisser contre le mur, avant de tomber. Je m'attendais à quoi ? À ce que tout soit simple ? C'était une erreur d'amener mes amis ici. Ils ne comprennent pas. Comment le pourraient-ils ?

Je ne sais où, mais je trouve la force de me relever, et de rappuyer sur le bouton pour monter. Les Gardiens ne semblent pas surpris de me voir débarquer, ils se contentent de me saluer et de m'ouvrir la porte de gauche. L'appartement de Nicolas est le miroir de celui d'Andrew, similaire dans sa grandeur et son luxe. Moins vivant, par contre. Tout paraît neuf dans le salon et la cuisine, un intérieur-témoin qui permettrait à des acheteurs de se projeter. L'habitant des lieux ne doit y dormir que rarement.

— Je suis ici.

La voix rauque de Nicolas me parvient du couloir. Je passe devant deux portes fermées, et le trouve derrière la troisième entrouverte. Un laboratoire de développement photo. Nicolas a donc apporté sa touche personnelle à au moins une pièce.

— *Hello* Marianne.

Je me rapproche de lui et, comme à chaque fois, c'est une explosion de tous les sens quand il me prend dans ses bras, et m'embrasse. À voix basse, il chuchote :

— Je suis désolé pour Benjamin.

Il ne m'en fallait pas plus. Je fonds en larme, et me perds dans son odeur de café et de musc, avec le vain espoir de m'en enivrer, et peut-être d'oublier ce trou béant que Ben a laissé dans mon cœur. Le pire, c'est que tout est de ma faute. Je n'ai aucune excuse. Il va juste falloir que je me raccroche à ma décision, et que j'apprenne à vivre avec les conséquences de mes choix.

Après un trop long moment à sangloter, je me force à me séparer des bras protecteurs de Nicolas. J'essuie comme je peux mes yeux du dos de la main, tandis qu'il essaie de réfréner ses sentiments qui craquellent sous son habituel masque impénétrable.

Histoire de nous distraire, il propose :

— En attendant Andy, je voulais te montrer ma propre salle d'exposition.

Il fait quelques pas en direction du fond, où des

photos sont accrochées à des pinces à linge, venant à peine d'être développées. D'autres sont rangées dans des albums, organisés par catégories sur des étagères : casino, mer, visages, Marianne… Nicolas a un œil très spécial, limite chirurgical, et une précision du détail qui sublime l'ordinaire. Bien que loin du génie d'Andrew, c'est moins classique, dans un sens très étonnant.

Je feuillette quelques-uns de « mes » classeurs, et reconnais dans certains clichés récents des instants volés à notre sortie entre amis d'aujourd'hui.

— Tu n'avais pas mieux à faire, je le sermonne gentiment.

— Si, sans doute.

Il n'ajoute rien. Je le comprends, de toute façon. Avec les moyens techniques qui sont les siens, je passerais mon temps à l'espionner. Certaines photos de Ben en noir et blanc sont magnifiques…

Andrew ne tarde pas à nous rejoindre. Il est en costume trois-pièces, boutons de manchette personnalisés, et pince de cravate. Je réalise à cet instant que Nicolas est également apprêté.

— Marianne ! Tu illumines notre journée !

Il m'attrape par la taille, et me fait tourner autour de lui, avant de me donner un petit baiser tout frais. Son attention est ensuite attirée par certains des clichés de Nicolas, que son œil d'esthète ne peut pas ignorer.

— Pas mal ça.

Je les laisse discuter cadrage et, comme à chaque

fois qu'on se rapproche d'un sujet artistique, Andrew devient intarissable. Moi, je me retrouve plongée dans l'observation du regard figé de Ben.

Nicolas est sans doute le seul à garder la notion de l'heure, et c'est lui qui nous fait remarquer qu'il ne nous reste que trente minutes avant la grande annonce.

— Es-tu sûre de toi Marianne ? demande Andrew.

Comment l'être ? Pour ne pas arranger mes inquiétudes, Nicolas rappelle :

— Aucun retour en arrière ne sera possible. Ce sera tirer un trait définitif sur ta vie à Paris.

Ben, bien qu'absent physiquement, occupe mes pensées. Devra-t-il être la victime de mon soudain égoisme ? Ses dernières paroles me reviennent en mémoire : « Sois heureuse ». Comment est-ce que je pourrais l'être si je passe à côté d'une telle opportunité ?

— Je le regretterai peut-être, et ce sera dur certains jours… Mais c'est ce que je veux.

— Ainsi soit-il, conclut Andrew. Viens, je l'ai rapatrié, comme promis…

Il m'embarque vers le salon, où un grand cadre de plus de trois mètres de long est masqué sous un drap doré.

— Qu'est-ce qu'il fait ici ? s'agace Nicolas.

— Je tenais à ce que Marianne le découvre en premier…

— Trop tard pour ça. Marianne, tu devrais te préparer, ou nous allons arriver en retard. Une nouvelle fois.

Deux Gardiens entrent dans l'appartement, appelés par je ne sais quelle commande secrète dont Nicolas a le monopole. Devant un Andrew dépité, ils enlèvent le tableau toujours couvert avec un luxe de précautions. Moi, je me fais embarquer par une styliste qui m'oblige à choisir une tenue parmi une offre bien trop importante pour ma santé mentale. Je capitule dès qu'elle ouvre le dressing :

— Choisissez pour moi…

Une ultime possibilité de reculer m'est donnée dans les coulisses du Chat noir. Nous attendons le signal, main dans la main. Un trio parfait. Le noir et blanc de ma robe s'allie aux costumes sombres de mes compagnons. Seul un rideau nous sépare encore du monde. Quand les projecteurs s'allument et que les applaudissements retentissent, mes dernières craintes s'évanouissent, et j'avance sans hésiter, côte à côte avec les fondateurs de Libertas.

Épilogue

Le professeur tente une nouvelle fois de remonter sa mèche rebelle, alors qu'il est relégué dans un angle de l'écran, au même rang que la présentatrice, à l'opposé. Au centre apparaît la retransmission de l'allocution en direct de Libertas. La caméra est focalisée sur la scène dorée et ses hauts rideaux sombres. Seuls quelques rares mouvements dans la foule indistincte qui se masse au pied permettent de savoir que ce n'est pas une image fixe.

— Ils sont au Chat noir, explique le spécialiste de Libertas, au sous-sol du Liberty Hall.

— Qui se trouve dans le public ?

— Des chefs d'État, des dirigeants, des stars… Leurs identités sont jalousement gardées secrètes. Comme vous pouvez le voir, la réalisation les laisse dans l'ombre, et les invités portent des masques. Oh, mais un instant. Voilà qui est intéressant, ils sont trois sur la scène.

— Savez-vous qui est cette jeune femme entre Andrew et Nicolas ?

— Je n'en ai pas la moindre idée. Ah, attendez, Andrew Mézières s'apprête à parler.

Un micro à la main, le cofondateur de Libertas s'avance sous les applaudissements et annonce ce qui va chambouler une nation tout entière.

— Mesdames et Messieurs. Aujourd'hui se dresse devant nous une aube nouvelle, un horizon étincelant de promesses et d'espoir. Depuis des années, Nicolas et moi avons guidé notre chère île vers la liberté et la prospérité, armés de nos rêves et de notre détermination. Mais le temps est venu d'élargir notre cercle, d'embrasser une vision plus vaste pour notre avenir.

Nicolas enchaîne, se positionnant à côté d'Andrew.

— Nous sommes honorés d'annoncer que Marianne Timber, une femme de conviction et de courage, nous rejoindra pour former un trio de gouvernance. Marianne apporte avec elle une sagesse et une perspective nouvelles, essentielles pour naviguer dans les eaux parfois tumultueuses de notre monde moderne. Sa vision et son engagement envers notre île illumineront notre chemin vers un futur encore plus radieux.

Cette fois, c'est au tour de Marianne de s'avancer, venant se positionner entre les deux hommes.

— Comme l'a dit un grand penseur : « La liberté n'est jamais donnée ; elle est gagnée. ». Ensemble, main dans la main, nous allons construire un avenir où elle ne sera pas un idéal lointain, mais une réalité tangible pour chacun d'entre nous. Un avenir où notre île ne sera pas qu'une utopie, mais un phare d'espoir pour le monde entier. Je suis fière d'annoncer la création d'une fondation unique en son genre, dédiée à offrir un nouveau départ aux âmes perdues qui trouvent refuge en nos frontières. Nous apporterons non seulement un abri et des soins, mais aussi un accompagnement vers la guérison et la réintégration dans la société, que ce soit à Libertas ou ailleurs. Avec cette initiative, nous voulons envoyer un message clair : ici, personne n'est laissé pour compte. Chaque vie est précieuse, et chacun mérite une seconde chance. Ensemble, œuvrons pour faire de notre communauté un lieu de transformation et d'espoir. En un mot, de Liberté !

Un projecteur sort de l'ombre un cadre, dissimulé sous un drap doré. Sur un geste d'Andrew, le voile tombe et révèle le célèbre tableau de Delacroix, *La Liberté guidant le peuple*. Surprise, Marianne lève les mains vers sa bouche, masquant mal son trouble, avant de prendre dans ses bras Andrew et Nicolas sous les applaudissements nourris du public.

En arrière-plan, certains observateurs ont cru entendre un homme crier, et peut-être une forme se diriger vers la scène. Personne n'a pu confirmer cette information car la retransmission s'est arrêtée juste à cet instant.

Et ce qui se passe à Libertas, reste à Libertas...

À suivre !

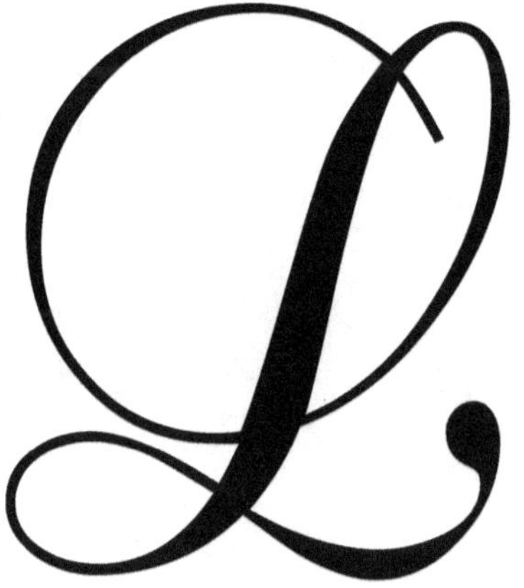

Remerciements

Libertas a été très long à écrire. Pas cette version, mais le projet en général, dont j'ai eu l'idée en 2018. À l'époque, c'était un scénario de film inspiré d'un article parlant d'un quartier vivant en autarcie (je crois en Amérique du Sud). J'ai mélangé ça à la personnalité de deux héros de séries (Neal Caffrey de *White Collar* et Nick Blaine de *La Servante Écarlate*). Sans succès. Je l'ai repris. Deux fois. Pas mieux, même si je me détachais peu à peu de mes modèles. En 2020, j'ai tenté de le transformer au format épisodique sans réussir à convaincre l'application sur laquelle je voulais le sortir.

En 2023, j'ai publié ce brouillon sur Wattpad et Neovel, sous le titre *Liberté d'amour*. Avant que je ne décide de me reconcentrer en publiant enfin *Libertas - Dilemme* sous ce que j'espère être sa forme finale. Une suite viendra avec deux tomes supplémentaires (*Doutes* et *Destinée*). Il y a également *@Buzz1299* qui s'inscrit dans l'univers.

En premier, je tiens à vraiment remercier Michèle, ma maman. Elle a suivi toutes ces versions, jusqu'à en arriver à avoir marre de l'histoire. Et pourtant elle a toujours été là et m'a même avoué avoir repris plaisir à découvrir cette dernière mouture des aventures de Marianne.

Bravo à Caroline pour la superbe couverture qui illustre si bien l'univers noir et or de l'île de Libertas.

Lucie, tes conseils m'ont été très utiles. Tu as été la première à apprécier la trame (même si l'histoire a beaucoup changé depuis).

Du côté des corrections, merci à Daniel (mon papa) et à Colette, pour votre temps et votre professionnalisme. Ainsi que Marine pour les ultimes relectures et corrections.

Une pensée bien sûr pour mes fidèles bêta lecteurs de Game-Guide. ThorAxe, Kathlyn, Juliaan, Sodzounet et Azashar. Vos conseils sont précieux. Mention spéciale à Séverine qui a vu une incohérence malgré toutes ces relectures !

Un coucou à Alexandre, mon fils, à qui j'ai lu l'histoire (moins quelques passages...) et qui a trouvé ça « top ». Toute ma gratitude pour Frédéric, mon mari, toujours là envers et contre tout, à me soutenir. Désolée pour tous ces moments, soirs et week-ends, passés à m'isoler pour avancer dans mes projets !

Enfin, merci à vous, qui me soutenez dans cette folle aventure de l'autoédition. Si vous avez aimé ce roman, n'hésitez pas à poster un petit commentaire sur Amazon. Et vous pourriez aussi aimer certains de mes autres romans, comme notamment *Futur à l'abri*, une dystopie, ou *@Buzz1299*, un thriller sur les médias sociaux.

À très bientôt !

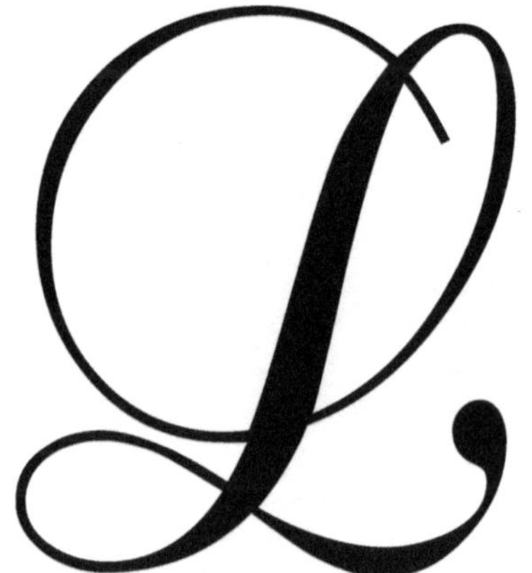

$\mathcal{P}$our conclure

Si vous avez apprécié, pourriez-vous prendre
le temps d'écrire un commentaire ?
bit.ly/LibertasDilemme

En tant qu'auteure indépendante,
c'est l'un des meilleurs moyens
de trouver de nouveaux lecteurs.

Merci par avance !

Retrouvez mes autres livres
et restez en contact via onidra.fr.

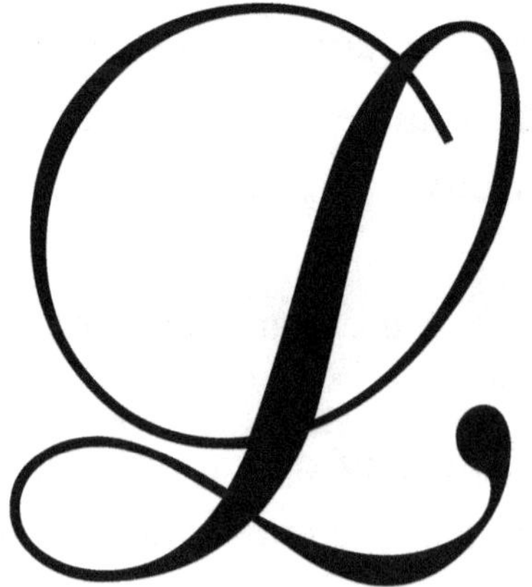

Table des matières